흑제

오렌 퓨전 판타지 장편소설

FUSION FANTASY STORY & ADVENTURE

7

dream
books
드림북스

흑제 7

초판 1쇄 인쇄 / 2013년 8월 19일
초판 1쇄 발행 / 2013년 8월 23일

지은이 / 오렌

발행인 / 오영배
책임편집 / 편집부
펴낸 곳 / (주)삼양출판사 · 드림북스

주소 / 서울특별시 강북구 솔샘로67길 92
대표 전화 / 02-980-2112 팩스 / 02-983-0660
편집부 전화 / 02-980-2116 팩스 / 02-983-8201
블로그 / blog.naver.com/dreambookss

등록번호 / 제9-00046호
등록일자 / 1999년 3월 11일

ⓒ 오렌, 2013

값 8,000원

ISBN 978-89-542-5311-6 (04810) / 978-89-542-5095-5 (세트)

* 지은이와 협의하에 인지는 생략합니다.
* 잘못된 책은 구입한 곳에서 바꾸어 드립니다.

이 도서의 국립중앙도서관 출판시도서목록(CIP)은 서지정보유통지원시스홈페이지(http://
seoji.nl.go.kr)와 국가자료공동목록시스템(http://www.nl.go.kr/kolisnet)에서 이용하실 수
있습니다. (CIP제어번호: 2013015183)

DARK 흑제

EMPEROR

오렌 퓨전 판타지 장편소설

7

FUSION FANTASY STORY & ADVENTURE

dream
books
드림북스

DARK EMPEROR
흑제

Contents

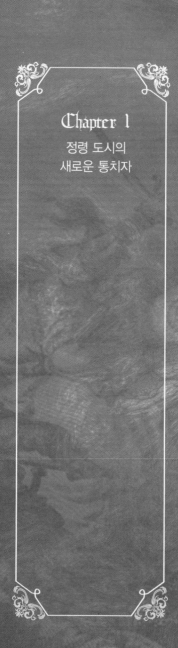

Chapter 1
정령 도시의
새로운 통치자

"너희들 다들 무사했군. 그런데 이 와중에도 야서를 보다니 대체 제정신들이냐?"

무혼이 어이없어하는 표정으로 쳐다보자 포르티가 씩 웃으며 대답했다.

"야서가 뭘 어때서? 시간 죽이는 데는 이게 최고다."

"시간을 왜 죽여?"

"무혼 너도 이런 갑갑한 곳에 몇 개월 처박혀 봐라. 야서라도 읽으면서 시간을 죽이지 않으면 견디기 힘들다고."

그러자 아그노스도 동조하며 말했다.

"포르티의 말이 맞아. 그나마 그런 책들이라도 있었으니 우리가 지금껏 버틴 거야. 다만 몇 번씩 읽었더니 나중엔 더 이상 볼만한 게 없다는 게 문제였지."

"호호! 맞아요. 몇 번씩 똑같은 걸 보는 것도 정말 지겨웠죠."

실피 역시 고개를 끄덕이는 것을 보니 그들과 비슷한 생각인 듯했다. 무혼은 혀를 찼다.

"쯧! 변명들치고는 다소 궁색하구나. 야서를 읽지 않아도 시간을 죽이는 방법은 무수히 많다. 세상에 얼마나 건전한 게 많은데 왜 하필 야서인 것이냐?"

"크흐! 얼어 죽을 건전은 무슨! 이런 미로 구석에 처박혀서 숨바꼭질을 하는 상황에 무슨 건전한 것들이 눈에 들어오겠냐? 다른 건 손에 안 잡힌다고."

"맞아. 무엇보다 술술 읽히는 건 야서만 한 게 없어. 그거 몇 권 잡고 있으면 하루가 금방 간단 말이야. 흥! 그럼 그것 말고 시간 죽이는 좋은 방법이 있으면 어디 말해 보든가."

그러자 무혼이 코웃음 치며 대답했다.

"시간 죽이는 데 최고는 수련이다. 야서 따위와는 비교도 안 되지."

누가 보면 야서 따위는 한 번도 안 본 무혼인 줄 알겠다. 그러나 무혼은 화산성에서 이미 두 질이나 되는 야서를 집필한 작가이며 그쪽 방면의 상상에서는 가히 입신지경에 이르러 있지 않은가? 그런 무혼이 포르티 등이 야서를 본다고 나무라는 것은 실로 어이없는 일이 아닐 수 없었다.

물론 무혼도 자신의 이 행동이 심히 어이없음을 잘 알고 있었다. 그러나 그는 포르티와 아그노스를 보자마자 자신이 집필했던 은월삼절애가의 내용이 떠오르지 않을 수 없었다. 그 야하기 이를 데 없는 이야기의 주인공들은 다름아닌 포르티와 아그노스였으니!

대체 하고많은 이름 중에 왜 하필 이들의 이름을 써먹었던 것일까? 포르티 등이 알게 되면 팔짝 뛸 일이었다. 입장 바꿔 생각해봐도 무혼 역시 자신의 이름이 야서의 주인공으로 들어간다면 기분이 아주 묘할 것이 아니겠는가?

따라서 무혼이 야서를 본다고 뭐라고 한 것은 자신이 포르티 등을 야서의 주인공으로 등장시킨 것에 대한 일종의 죄책감에서 나온 자기방어적 행동이라 할 수 있었다.

'그걸 이 녀석들이 보면 절대 안 된다.'

문제는 사만다가 은월삼절애가를 대량으로 복제해 뿌린다고 했으니 어쩌면 이곳까지 흘러 들어올 수도 있다는 것이었다.

그런 일이 발생하기 전에 빨리 정령의 숲을 떠나야 하겠지만, 그 또한 확실한 해결책은 아니었다. 혹시라도 은월삼절애가 정령의 숲을 벗어나 이로이다 대륙까지 흘러 들어갈 우려도 없지 않으니 말이다.

따라서 가장 확실한 방법은 포르티 등이 더 이상 야서 따위에 관심을 갖지 않도록 만드는 것이었다. 그래야 차후에 서대륙이나 동대륙에 은월삼절애가 나돌아도 그들의 눈에 띄지 않을 테니 말이다.

그러나 그런 무혼의 바람과는 달리 포르티가 한쪽에 쌓인 야서들을 가리키며 뿌듯한 표정을 짓는 것이었다.

"어쨌든 덕분에 나는 새로운 취미를 가지게 되었다, 무혼."

"새로운 취미?"

"바로 세상의 모든 야서를 모으는 거지. 일단 이곳 정령의 숲에 있는 야서를 수집한 후 나아가 인간들의 야서와 몬스터들의 야서도 사 모을 생각이다. 추후에 아공간으로 꾸며진 거대한 야서 도서관을 만드는 게 나의 목표다. 세상의 모든 야서로 가득 찬 도서관 말이야. 멋지지 않으냐? 으하하하!"

그러자 아그노스도 활짝 웃으며 말했다.

"호호! 나도 마찬가지야. 그러니 무혼 넌 앞으로 새로운 야서를 구하면 무조건 내게 넘겨. 내가 포르티 녀석보다 비싸게 쳐줄게."

무혼은 인상을 찌푸렸다.

"너희들 쓸데없이 그런 것들을 왜 모으려는 것이냐?"

"취미라니까. 취미에 이유가 있냐?"

"맞아. 그냥 좋으니까 하는 거지."

그러니까 왜 그딴 걸 좋아하려는 것이냐, 라고 따지고 싶었지만 무혼은 그럴 수 없었다.

포르티 등의 말이 맞다. 취미에 무슨 이유가 있다는 말인가? 무혼이 아무리 친구라 하지만 그들의 취미까지 간섭할 수는 없는 일인 것이다.

'취미라니까 존중해 줘야겠지.'

무혼으로서는 은월삼절애가 이들의 눈에 띄지 않기를 바랄 뿐이었다.

"뭐 어쨌든 다들 무사한 것 같아 다행이군. 새로운 취미 생활까지 할 정도라니 말이야. 특히 실피 너는 살아 있었느냐?"

그러자 실피는 손등으로 슥 눈물을 훔쳤다.

"살아 있었냐고요? 제가 죽기라도 바라셨나 보군요. 마스터를 기다리다가 정말 목이 빠지는 줄 알았어요. 왜 이렇게 늦게 오신 거죠?"

"그러는 너야말로 어디에 있었느냐?"

"그게 말이죠."

실피는 돌연 한숨을 푹 내쉬더니 감정이 복받치는 듯 또 눈물을 찔끔거렸다. 활달하기 그지없는 성격의 실피가 대체 무슨 우여곡절을 겪었기에 저리 서러운 표정을 짓는 것일까?

그런데 실피뿐만 아니라 아그노스와 포르티도 한숨을 푹 쉬는 것이 아닌가? 심지어 막 자다 깬 네리나도 이마에 주름살을 만들며 인상을 찌푸리고 있었다.

"너희들 표정들이 왜 그러느냐?"

그러자 네리나가 일어나 걸어오며 대답했다.

"무혼, 일단 사건의 발단은 저 실피라는 문제의 정령으로부터 비롯되었어. 네가 화산성에 간 이후 나는 의뢰받은 대로 부하들을 풀어 실피의 행방을 찾았는데, 놀랍게도 저 녀석이 감옥에 갇혀 있지 뭐야."

실피가 감옥에 갇혔다니, 이건 또 무슨 말인가?

"실피, 넌 또 어쩌다 감옥에 갇혔던 거냐?"

무혼이 실피를 보며 묻자 그녀는 머리를 긁적이며 말했다.

"그게 실은 도시에 오자마자 예전의 친구들을 만나 너무 반가웠거든요. 녀석들이 술을 사겠다고 해서 술집에 갔는데 정신을 차리고 깨어보니 감옥이었어요. 그 망할 녀석들이 날 배신한 것이었죠."

"혹시 그 감옥은 처형장이라 불리는 곳 아니었느냐?"

그러자 실피가 눈을 크게 뜨고 무혼을 쳐다봤다.

"그걸 어떻게 아세요?"

"쯧! 역시 그랬군."

무혼은 실피가 마족들의 간식거리가 되기 위해 잡혀갔던 것임을 어렵지 않게 짐작할 수 있었다.

그때 네리나가 말을 이었다.

"그래서 나는 어쩔 수 없이 부하들을 이끌고 그곳을 불시에 급습해 실피를 구해냈어."

네리나와 그녀의 부하들이 감옥을 급습했을 때 실피는 간수 정령에게 웬 시커먼 동굴로 끌려가며 펑펑 울고 있었다고 했다. 바로 그때 네리나가 적시에 도착해 실피를 구해내는 데 성공한 것이다.

"그때까지는 사실 아무 문제가 없었어. 카르카스가 당시 일을 파헤치기 위해 정령들을 풀었지만 나와 부하들은 꼬리를 밟히지 않았고, 실피는 포르티의 카페에서 변장을 한 채로 메이드 일을 했기에 그들의 눈에 띄지 않았거든."

"그런데 그 후로 또 무슨 문제가 생겼나 보군."

그러자 네리나가 인상을 쓰며 실피를 노려봤다. 아그노스와 포르티 역시 마찬가지였다. 실피는 그들의 눈치를 받자 주눅 든 표정으로 고개를 숙였다.

"죄송해요. 제가 너무 철이 없었어요."

그러자 포르티가 으르렁거리며 말했다.

"철이 없어도 어느 정도지. 그렇게 혼쭐이 나고도 또 그곳에 갔단 말이더냐?"

포르티의 표정을 보니 실피가 또 무슨 사고를 친 것이 틀림없었다. 곧바로 네리나가 무혼을 향해 말했다.

"실피는 한동안 열심히 포르티의 카페에서 일을 하다가 어느덧 상급 정령이 되었어. 실피가 정령석을 제법 가지고 있었던 모양이야."

그러자 무혼이 실피를 쳐다봤다.

"그러고 보니 너 상급 정령이 되는 데 정령석이 부족하지 않았느냐?"

무혼은 일전에 장난삼아 내기로 실피의 정령석 10개를 빼앗은 적이 있었다. 그중 하나는 요리로 만들어 주었지만, 나머지 9개는 아직 돌려주지 않았다.

실피가 헤헤 웃었다.

"엘리나이젤 님이 생각보다 넉넉하게 주셨던 것이었어요. 상급 정령이 되고도 아직 정령석은 제법 남아 있답니다."

"그랬다니 다행이구나."

무혼이 고개를 끄덕이자 옆에서 네리나가 실피를 가리키

며 쌀쌀한 어조로 말했다.

"아무튼 저 문제의 정령은 상급 정령이 되자 신이 났는지 카페의 메이드들을 모두 데리고 술집에 갔어. 한턱을 쏘겠다며 말이야."

'으음.'

무혼은 인상을 구겼다. 대충 어떤 일이 벌어졌는지 알 만했다.

"그러다 실피가 또 처형장으로 끌려갔군. 그래서 네리나 네가 구하러 갔을 거고."

"그랬지. 하지만 한 번은 몰라도 두 번 연속 카르카스의 눈을 피하기란 쉬운 일이 아니었어. 결국 내가 한 일임을 알게 된 카르카스는 분노했고, 곧바로 선전포고를 하게 된 거야."

그렇게 카르카스와 암흑가의 보스, 네리나의 전쟁이 시작된 것이었다. 네리나가 위기에 처하자 아그노스와 포르티도 가만있을 수 없어 함께 참전했다고 했다.

그러나 많은 상급 정령들을 부하로 데리고 있는 카르카스를 상대로 그들이 승리하기란 불가능한 일이었다. 전쟁이 지속될수록 네리나와 아그노스 등은 궁지에 몰리기 시작했다.

결국 죽음을 위장한 후 무혼이 올 때까지 어딘가 은밀히 숨어 있자는 아그노스의 제안에 모두들 동의했다. 일시지간 분신을 만들어 그것을 죽게 하는 특이한 마법은 아그노스의 특기 중 하나였다.

그렇게 해서 도시의 정령들은 모두 네리나가 카르카스에게 죽은 것으로 알게 된 것이었다. 그때부터 네리나 등은 이곳 석실에 숨어 야서나 보면서 시간을 죽여 왔던 것이다.

"지하 미로에 이런 쓸 만한 석실이 있었다니 의외구나."

그러자 포르티가 의기양양한 웃음을 흘리며 말했다.

"흐흐! 여긴 원래 던전의 괴수 놈들이 사용하던 집이었어. 내가 빼앗아 살기 좋게 개조했다. 그건 그렇고 자, 이걸 받아라. 꽤 애먹긴 했지만 그래도 결국 찾아냈지. 땅의 정화다."

포르티는 아공간에서 갈색 별 모양의 큼직한 돌 하나를 꺼내 무혼에게 내밀었다.

"오! 고맙다."

무혼은 감동한 표정으로 그것을 받았다. 그러자 아그노스도 녹색 빛이 나는 일곱 잎사귀의 풀을 무혼에게 내밀었다.

"이것도 받아, 바람의 정화야."

"고맙다, 아그노스."

궁색하게 쫓기는 와중에도 그들 각자가 맡은 임무는 모

두 수행한 것이었다. 무혼은 왠지 가슴이 뭉클했다. 그때 네리나 역시 푸르고 투명하게 빛나는 큼직한 돌 하나를 무혼에게 내밀었다.

"이게 바로 물의 정화야. 잔금 7만 라나는 준비해 뒀겠지?"

"물론이다."

무혼은 아공간에서 정령석 20개를 꺼내 네리나에게 내밀었다. 네리나의 두 눈이 커졌다. 그것들의 가치는 무려 20만 라나였다.

"이건 너무 많은데?"

"실피를 구해준 대가다. 또한 내 친구들을 지켜준 것에 대한 보답이기도 하고. 여러모로 고생이 많았다."

"호호, 좋아. 그럼 고맙게 받지."

네리나는 밝게 웃었다. 그때 아그노스가 무혼을 향해 물었다.

"그런데 무혼 넌 불의 정화를 구했어?"

"물론이지."

무혼은 아공간에서 노랗게 타오르는 돌을 꺼내 모두에게 보여 주었다. 포르티가 입을 쩍 벌렸다.

"대체 어떻게 구한 거냐? 사만다, 그 지랄 맞은 마녀 정령이 순순히 그걸 네게 주지 않았을 텐데 말이야."

"맞아. 그 여자는 보통 말보다 주먹이 앞서는 정령인데."

아그노스도 궁금한 듯 무혼을 쳐다봤다. 그들의 질문에 무혼은 문득 사만다의 물기 어린 슬픈 눈빛이 떠올랐다.

"그녀는 별로 나쁜 정령이 아니었다. 오히려 상당히 착한 편이었지. 문제는 바로 저 녀석이었다고."

무혼은 손가락을 들어 멀리 소파 위에서 잠을 자고 있는 포티아를 가리켰다. 대체 언제 소파에 올라간 것일까? 그것도 가장 푹신하고 편해 보이는 자리를 찾아 세상에서 제일 편한 자세로 늘어져 있는 가디언이라니.

"저 고양이가 왜?"

"어쩜! 아주 귀엽기만 한 고양이 정령인데? 설마 사만다가 기르던 녀석이야?"

포르티와 아그노스는 고개를 갸웃했다. 음흉스러운 가디언 포티아가 워낙 감쪽같이 기세를 감추고 있기에 드래곤인 그들조차도 포티아가 그저 평범한 고양이 정령인 줄 알고 있는 것이었다.

무혼은 굳이 포티아의 정체를 밝히지 않기로 했다. 만일 포티아가 본래 불의 정령왕의 가디언이었고, 그 전투력이 드래곤 로드 푸르카를 가볍게 넘어선다는 사실을 모두가 알게 되면 아그노스 등은 포티아의 눈치를 보느라 정신이 반쯤 날아가고 말 테니까.

"뭐 그런 게 있다. 아무튼 너희들 덕분에 이곳 정령의 숲에서 얻어야 하는 물건을 모두 구했구나. 모두들 수고했고 정말 고맙다."

"훗, 고맙긴. 친구끼리 그 정도야 당연히 해줘야지."

"하하하! 맞다, 무혼. 이제 또 다른 물건들을 찾으러 가자."

아그노스 등은 무혼이 돌아오자 들떠 있었다. 그들은 무혼이 온 이상 바람의 정령 카르카스 패거리쯤은 더 이상 두려워할 필요가 없다고 확신하는 듯했다.

실피 역시 마찬가지였다. 그녀는 무혼의 팔에 매달려 응석을 부렸다.

"이힛! 마스터, 이제 카르카스와 그 나쁜 술집 웨이터 녀석들을 혼내주러 가요. 제가 어느 술집인지 다 기억하고 있거든요."

무혼은 스윽 실피를 노려봤다.

"쯧! 상급 정령이 되었으면 좀 의젓해져야지. 술집이나 들락거리다 잡혀가고 잘하는 짓이구나. 아직도 네가 하급 정령인 줄 아느냐?"

"앞으로는 절대 그러지 않겠어요. 그렇지 않아도 그동안 많이 뉘우치고 있었어요. 혼나기도 많이 혼났고요."

실피는 시무룩한 표정으로 고개를 숙였다. 무혼은 고개를 끄덕였다. 이미 실피가 포르티 등에게 혼이 단단히 난듯하니 여기서 무혼이 더 혼낼 필요는 없으리라.

"좋아. 네 말을 믿어 보마. 그런데 당시 네가 어떤 처지였는 줄 아느냐? 아마 너는 그 처형장 지하에 뭐가 있었는지 짐작도 못할 거야."

"뭐가 있었는데요?"

실피는 고개를 갸웃했다. 그녀뿐 아니라 모두들 궁금한 표정으로 무혼을 쳐다봤다. 네리나도 마찬가지였다. 그녀는 무혼을 쳐다보며 물었다.

"나는 그냥 처형장이 있는 줄 알았는데, 아니었나?"

"처형장은 맞지. 하지만 보통의 처형장이 아니었다는 게 문제다. 바로 그곳엔 마족들이 있었으니까."

"뭐? 마족?"

"마족이라고요?"

모두들 놀란 듯 눈을 부릅떴다. 무혼은 자신이 지하 미로에서 마족 셋을 해치운 일과 그들이 그곳에서 정령들을 먹어치우며 카르의 돌을 만들고 있었던 사실을 모두 말해 주었다.

"그, 그럴 수가!"

"어찌 그런 끔찍한 일을!"

모두들 경악에 잠겼고, 그들의 경악은 다시 분노로 변했다. 정령들이 마족들의 간식거리로 바쳐지고 있었다는 사실에 어찌 치를 떨지 않을 수 있겠는가.

특히나 이곳 도시의 많은 정령들이 그토록 보물처럼 여기던 카르의 돌이 바로 마족들에게 죽은 정령들에게서 나온 것이라니.

또한 그 배후에 카르카스가 있었다는 것이 더더욱 그들을 분노케 했다. 네리나는 비록 카르카스와 충돌이 있었고 그와 전쟁을 벌이기는 했지만, 그래도 어느 일면으로는 하급 정령과 중급 정령들에게 희망을 주었던 그의 업적을 인정하고 있었다.

그러나 그 모든 것이 위장이었고, 그가 그저 마족들의 하수인에 불과했다는 사실을 깨닫는 순간 눈물이 나도록 치가 떨리고 분하지 않을 수 없었다.

'용서할 수 없어! 어떻게 그런 일을!'

그녀는 당장이라도 가서 카르카스를 해치우고 싶은 심정이었다. 그러나 카르카스는 그녀가 이길 수 없는 상대였다. 그녀가 이 지하 미로의 석실에 숨어 있었던 이유가 바로 카르카스를 두려워했기 때문이 아니었던가.

따라서 정령들을 속이고 마족들의 하수인 노릇을 하는 카르카스에 대한 분노를 그냥 마음속으로 삭일 수밖에 없었다.

그런데 그때 무혼이 네리나를 쳐다보며 물었다.

"네리나, 묻겠다. 만일 네게 이 북부 도시를 맡겨주면 어떻게 하겠느냐?"

"뭐? 그게 무슨 말이야? 내가 어떻게 이 도시를!"

네리나가 깜짝 놀라 멍한 표정을 짓자 포르티가 그녀를 향해 한쪽 눈을 깜빡였다.

"뭐하냐? 빨리 잘 다스리겠다고 하지 않고."

"호호! 맞아. 고개만 끄덕이면 도시 하나가 네 손에 떨어질 거야. 나라면 얼른 받겠다. 왠지 부러운걸."

아그노스의 말이었다. 네리나는 어이가 없다는 듯 포르티와 아그노스를 노려보다가 이내 무혼을 향해 물었다.

"대체 무슨 말이야? 내가 이해할 수 있게 얘기해 주면 안 될까?"

그러자 다시 포르티가 헛기침을 하며 말했다.

"험! 네가 머리가 좀 나빠 이해를 못하는 것 같으니 내가 쉽게 설명해 주지. 무혼의 말은 네가 지금 카르카스가 가진 권력을 갖게 된다면 어떻게 할 것이냐는 거다. 참고로 무혼은 네게 그러한 권력을 줄 능력이 있지."

"아. 그런 거였어?"

네리나가 두 눈을 크게 떴다. 그녀는 그제야 무슨 뜻인지 이해한 것이다.

사실 무혼의 진정한 능력을 모르는 그녀로서는 카르카스가 가진 권력을 그녀에게 주겠다는 무혼의 말이 허무맹랑하게 들리지 않을 수 없었다.

그러나 그동안 그녀는 포르티와 아그노스에게 무혼이 어떤 존재인지 귀가 따갑도록 들었다. 이제는 세뇌가 될 지경이었다. 드래곤 로드를 능가하는 무서운 능력을 가진 무혼이기에, 그가 마음만 먹으면 카르카스 따위는 아무것도 아니라는 따위의 말들이었다.

네리나는 물론 그 말을 다 믿지는 않았다. 그녀는 자신이 직접 겪어보지 않은 일을 섣불리 믿을 만큼 단순하지 않으니까.

그렇다 해도 그녀는 무혼이 뭔가 특별하고 대단한 존재임에는 틀림없다는 생각을 하고 있었다. 어쩌면 정말로 카르카스를 능가하는 힘을 가지고 있을지도 모른다는 생각이 들 만큼.

그때 무혼이 다시 말했다.

"포르티의 말대로다. 나는 이제 마족의 하수인이었던 카르카스를 정령의 숲에서 제거할 생각이야. 그 이후 자칫 이곳 북부 정령의 도시가 큰 혼란에 빠질 수도 있으니, 나는 네리나 네가 이곳 도시를 통치해 주었으면 한다. 간악한 카르카스처럼 말로만 정령들에게 기회의 땅이 아닌, 진짜로 기회의 땅이 되게 만들어 준다면 좋겠지."

그 말에 일순 네리나의 두 눈이 환하게 빛났다. 그러나 그녀는 이내 쓸쓸히 웃으며 고개를 흔들었다.

"호의는 고맙지만 내가 그 자리에 간다고 뭐 달라질 게 있을까? 나는 하급 정령이나 중급 정령들의 처지를 일일이 돌아볼 만큼 오지랖이 넓지는 않다고."

"음, 그렇다면 할 수 없지. 나는 네가 꼭 맡아줬으면 했는데, 그럼 다른 누군가를 찾아봐야겠군. 어디 쓸 만한 후보 없나?"

그 순간 포르티가 손을 번쩍 들었다.

"나! 여기 후보 대령이오. 도시 통치는 내게 맡겨라."

"나! 나 시켜줘. 포르티보다는 내가 훨씬 나을걸? 무혼, 설마 이 덜렁대는 녀석에게 도시를 맡길 생각은 아니겠지?"

아그노스도 손을 번쩍 들며 조르는 것이었다. 그러자 네리나가 흠칫 놀라더니 어색하게 웃으며 말했다.

"그러니까 내 말은 내가 꼭 안 하겠다는 건 아니었는데……."

순간 포르티가 인상을 확 구기며 네리나를 노려봤다.

"뭐냐? 대체 하겠다는 거냐? 말겠다는 거냐?"

"그러니까……."

이번에는 아그노스도 네리나를 노려봤다.

"뭐가 그러니까야? 하면 하는 거고, 말면 마는 거지. 빨리 말해. 네가 꼭 하겠다면 우린 양보하겠어."

"흐흐! 하지만 자신 없는데 괜히 하겠다고 객기 부리진 말고. 여기 너 말고도 후보자는 많거든. 나처럼 말이야."

그러자 네리나는 발끈했다.

"하겠어. 하겠다고. 니들 보다야 내가 훨씬 낫지. 무혼, 내게 맡겨줘. 이 도시를 어떻게든 지금보다는 더 살기 좋게 만들어 볼 테니까."

"자신 있느냐? 정말로 지금보다 정령들을 행복하게 해 줄 자신 말이야."

"솔직히 자신은……."

네리나가 머리를 긁적이는 순간 포르티와 아그노스가 손을 번쩍 들며 외쳤다.

"무혼, 난 자신 있다. 다른 건 몰라도 정령들 굴리는 건 나를 따라올 자가 없지. 나는 일단 정령들에게 세금을 팍팍 징수한 후 그걸로 멋진 건물들을 지을 거다. 야서 박물관부터 시작해 야화 관람관, 야서 도서관도 구역마다 지을 생각이지. 흐흐흐! 만일 말 안 듣는 녀석이 있으면 모조리 처형장으로 보내 버리고 말이야."

"호호! 난 달라. 내가 통치자가 되면 일단 모든 재산을 몰수한 후 내가 관리할 거야. 모든 정령을 메이드처럼 부리면서 그중 말 잘 듣는 녀석들에게만 정령석을 나눠주는 거지. 호호! 뭐, 싸울 일도 없고 얼마나 좋아? 물론 술집 같은 건 모조리 없애버릴 거야. 아, 처형장은 꼭 만들어야겠지?"

그들의 말을 들은 무혼은 한숨을 내쉬었다. 이 정신 줄 놓은 드래곤들에게 도시 통치를 맡겼다가는 도시 꼴이 참 요상하게 돌아갈 것이 분명했다.

그때 뒤에서 그들의 말을 듣고 있던 상급 정령 중 하나가 조심스레 입을 열었다.

"죄송하오나 제가 한 말씀 올리겠습니다. 네리나 보스는 그동안 라나를 벌어들일 때마다 그걸로 대부분 가난한 정령들을 보살펴 왔습니다. 저는 본래 하급 정령이었지만 보스 덕분에 상급 정령이 되었지요. 절망에 빠져, 쓰레기 더미에 웅크리고 앉아 있던 제게 손을 내밀어 주던 보스의 따스한 표정을 아직도 잊을 수 없습니다."

그러자 또 다른 정령이 다가와 눈물을 훔치며 말했다.

"저도 원래 하급 정령이었는데 네리나 보스 덕분에 상급 정령이 되었어요. 보스는 야……, 야서와 야화를 팔아 라나를 번다고 손가락질을 많이 받았죠. 하지만 그렇게 번 라나로 제게 정령석을 사주시고 오늘날 상급 정령이 되기까지 보살펴 주셨다고요. 흐윽! 남들은 보스를 손가락질한다지만 저는 보스를 세상에서 제일 존경합니다."

"하니스……."

네리나는 자신을 가장 존경한다 말하는 정령 하니스의 말에 감동한 듯 눈물을 훔쳤다. 그때 또 다른 정령들이 나서서 말했다.

"저는 중급 정령이었고 빚이 많아 악덕 사채업 정령들에게 끌려가고 있었는데, 보스의 도움으로 살아났습니다."

"크흑! 보스는 매일 싸움질만 하고 술만 마시던 저를 정령답게 살게 해 주셨죠. 보스가 아니었다면 저는 아직도 불량 정령 패거리들과 어울려 착한 정령들을 괴롭히며 살고 있을 겁니다요."

계속해서 눈물 없이는 들을 수 없는 사연들이 이어졌다. 옆에서 듣던 실피가 눈물을 글썽이며 무혼에게 간청했다.

"마스터, 부탁이니 이 도시의 통치를 꼭 네리나 님께 맡겨주세요."

무혼은 고개를 끄덕이고는 포르티와 아그노스를 노려봤다.

"너희들! 듣고 뭐 느끼는 건 없냐?"

그러자 포르티와 아그노스는 머리를 긁적이며 대답했다.

"험! 정령들의 도시에는 역시 정령 통치자가 어울리겠

군. 난 가서 야서나 챙겨야겠다."

"맞아. 나도 그래서 특별히 양보하기로 했어. 앗, 포르티? 그건 내거라고!"

그들은 후다닥 달려가 소파 앞에 쌓여 있는 각자의 야서들을 아공간으로 집어넣기 시작했다.

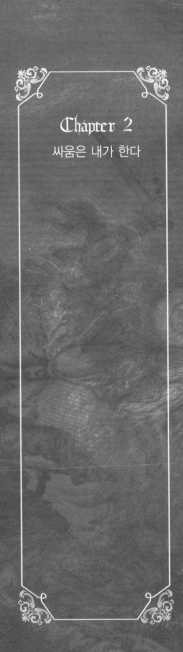

Chapter 2
싸움은 내가 한다

잠시 후 무혼은 네리나 등과 함께 도시로 향했다. 그사이 그들은 카르카스의 간악한 음모와 지난 행적들을 두루마리에 잔뜩 적어 놓은 터였다.

"네리나! 이제 네가 나설 때다. 마음의 준비는 되었지?"

"하지만 내 힘으로 카르카스와 그의 부하들을 이기기란 불가능해, 무혼."

무혼은 씩 웃었다.

"그건 걱정 마. 싸움은 내가 한다. 너는 당당히 놈과 맞서기만 하면 돼. 카르카스와 놈의 패거리들이 덤빈다 해도 두려워 말고. 그땐 네 무기인 창을 힘껏 집어 던져라. 그때부터 심판의 살육이 시작될 될 테니까."

"심판의 살육?"

"말이 그렇다는 거지. 살육을 멈추고 싶으면 오른손을
번쩍 들어라. 그 이후에는 네가 손가락을 들어 가리킨 녀
석들만 죽게 될 거야. 더 이상 죽일 놈이 없으면 왼손을 들
어라."

무혼의 말에는 거부할 수 없는 힘이 있었다. 네리나는
고개를 끄덕였다.

*　　　*　　　*

최상급 바람의 정령인 카르카스는 본래 이로이다 대륙
이 아닌 다른 세계에서 우연히 차원 이동을 통해 들어온
이방 정령이었다.

그는 한동안 이로이다 대륙을 여행하다 정령의 숲을 발
견했다. 정령석이 풍부하며, 정령들이 마치 인간처럼 특별
한 육체를 가지고 살아갈 수 있게 되는 정령의 숲은 그에
게 있어 매우 탐이 나는 꿈의 보금자리였다.

야심이 생긴 그는 정령의 숲을 지배하기로 결심하고, 여
행 중 그의 부하가 된 상급 정령들을 이끌고 정령의 숲 북
부에 자리를 잡았다.

처음에는 조용히 정령의 숲의 룰에 따르며 지내던 그였지만 점차 그는 야욕을 드러냈고, 결국 정령의 숲 북부를 장악하는 데 성공했다.

북부의 통치자가 된 이후 카르카스의 목적은 정령의 숲을 통일해 명실상부한 정령의 숲의 지배자가 되는 것이었다.

그러나 남부 화산성의 성주인 사만다는 카르카스보다 강했고, 그녀의 부하 정령들 또한 카르카스의 부하들보다 훨씬 강했다. 화산성은 카르카스에게 넘을 수 없는 장벽이었다.

그런 그의 고민을 해결해 준 것은 바로 마족들이었다. 마족들이 대체 어떻게 이곳 정령의 숲으로 들어온 것인지 알 수 없었지만, 그들은 카르카스에게 매우 달콤한 제의를 했다.

자신들이 정령석과 흡사한 물건을 만들어 줄 테니 그것을 통해 상급 정령을 대거 양성한 후 화산성을 공략하라는 것이었다.

개별 전투력에서의 열세를 수적 우세로 극복할 수 있는 신기한 비법은 마족들이 만든 기괴한 돌에 있었고, 그것이 바로 이후에 카르의 돌이라 불리게 된 것이었다.

문제는 카르의 돌을 만드는 방법이 매우 끔찍하다는 것.

무엇보다 카르카스는 마족들의 간식거리로 정령들을 바친다는 것이 무척 꺼림칙하지 않을 수 없었다.

그러나 정령의 숲에서 나는 정령석의 개수는 한계가 있으며, 보다 많은 상급 정령 부하들을 양성하려면 카르의 돌이 절실히 필요했기에 결국 그는 그들의 제의를 받아들이고 말았다.

그때부터 그는 사실상 마족들의 하수인이 된 것이었다.

카르의 돌을 만들기 위해서는 마족들에게 희생될 정령들이 대거 필요했다. 하지만 전쟁에서 강력한 전력이 될 상급 정령들을 희생시킬 수는 없는 터였다.

그래서 떠올린 계책이 바로 정령의 숲을 개방하는 것이었다. 이로이다 대륙에서 정령의 숲에 들어오기를 원하는 하급 정령과 중급 정령은 무수히 많았으니 말이다.

예상대로 수많은 하급 정령과 중급 정령들이 몰려들었고, 카르카스는 마족들이 알려준 방법으로 거대한 도시를 세워 그들을 통치했다.

카르의 돌과 정령석을 미끼로 정령들을 라나의 노예로 만들었고, 동시에 온갖 유흥거리들로 정령들의 혼을 쏙 빼놓았다.

라나와 유흥의 노예가 된 정령들은 하루 벌어 하루 노는 식의 막가는 삶을 살게 되었고, 카르카스는 그러한 정령들

중 일부를 카르의 돌을 만들기 위해 마족들의 간식거리로 꾸준히 제공했다.

그렇게 만들어진 카르의 돌들을 새로 부하가 된 중급 정령들에게 먹여 그들을 상급 정령 전사로 양성해 왔던 것이다.

그 모든 것은 바로 마족들의 지원이 있어서 가능했다. 특히 도시 건설과 운영에 대한 그들의 지식은 카르카스의 상상을 초월했다. 그들이 아니었다면 카르카스는 결코 지금처럼 화려한 북부 도시를 세울 수 없었을 것이다.

마족들은 마계에 이보다 더욱 진보된 도시들이 있다고 자랑하기도 했다. 또한 때로 마족의 연금술을 통해 제조한 특이한 물약들을 카르카스에게 주었고, 그것들은 정령들이 전투 중에서 입은 부상을 치료하는 데 탁월한 효과가 있었다.

그런데.

그토록 카르카스의 힘이 되어 주던 마족들이 오늘 갑자기 사라지는 이변이 발생했던 것이다. 그것은 그에게 매우 충격적인 일이 아닐 수 없었다.

당황한 그는 모든 부하들을 동원해 무너진 처형장 주변을 샅샅이 수색했다. 특별한 단서를 찾지 못하자 도시 전체를 누비며 수상한 정령들을 색출하는 중이었다.

도시의 정령들은 평소에 온화한 미소로 자신들을 대하던 카르카스가 섬뜩하기 그지없는 표정으로 도시를 누비는 모습에 놀랐다.

하지만 카르카스는 정령들의 그러한 시선에 신경을 쓸 만큼 여유롭지 않았다.

그로서는 마족들이 스스로 사라진 것인지, 아니면 누군가에 의해 제거된 것인지 아직 알지 못했다. 그가 가진 상식대로라면 당연히 마족들이 스스로 물러가면 물러갔지, 누군가에게 제거 당한다는 것은 있을 수 없는 일이었다.

그러나 그는 조금 전 처형장에 갇혔다가 살아나온 정령들을 추궁해 한 낯선 정령이 지하 동굴에 들어갔다가 살아나왔으며, 또한 그에게 간수 정령들이 죽임을 당했다는 사실을 알아냈다.

그것은 카르카스를 매우 불안하게 만들었다. 도저히 있을 수 없는 일이지만 만일 마족들이 정체불명의 누군가에게 제거되었다면, 그들과 관련되어 있었던 자신 역시 위험할 수 있기 때문이었다.

물론 카르카스는 그렇다 해도 자신이 쉽사리 당할 것이라고는 생각하지 않았다. 그에게는 많은 상급 정령 부하들이 있기 때문이었다.

사실 그동안 세 마족들도 카르카스에게 함부로 대하지

못했었다. 카르카스는 지하 제단에 있던 세 마족 중 최상급 마족인 자스탄만 두려워했을 뿐이었다. 나머지 두 마족인 아스고드와 모그는 최상급 정령인 카르카스에게는 가소로운 존재들이었으니까.

자스탄 역시 많은 부하를 거느리고 있는 카르카스를 함부로 대하지 못했다. 결과적으로 카르카스는 세 마족들과 동등한 위치에서 협약을 맺은 것이었다.

카르카스는 마족들에게 간식거리를 제공해 주고, 마족들은 정령들을 간식으로 먹은 후 카르의 돌이라는 것을 만들어 주는, 이를테면 상부상조의 협약 말이다.

'무슨 이유인지는 몰라도 마족들은 정령의 숲을 떠난 것이다.'

도시를 뒤져도 별다른 다른 단서가 나오지 않자 카르카스는 결국 마족들이 스스로 처형장을 폐쇄하고 어디론가 사라졌다는 결론을 냈다.

그러나 바로 그때, 그로서는 상상도 할 수 없는 일이 벌어지고 있었다.

"야? 너 그 이야기 들었어?"

"무슨 얘기?"

"그러니까 카르카스 님이……."

"뭐? 그, 그럴 리가! 말도 안 돼."

조금 전까지는 비교적 한산했던 도시의 광장에 갑자기 수많은 정령들이 몰려들고 있었다. 놀랍게도 광장 게시판 곳곳에 카르카스의 지난 행적을 세세하게 적은 큼직한 두루마리들이 붙어 있는 것이었다.

정령들이여! 너희는 모두 카르카스에게 속고 있다!
그놈은 정령들을 마족들의 간식거리로 제공했다.
카르의 돌은 정령들이 마족의 뱃속에서 소화된 후 나오는 변으로 이루어진 것이다.
매일 술집에서 정령들이 은밀히 사라지고 있다.
카르카스는 영웅이 아니라 사악한 악마다!
카르카스를 처단해야 한다……

두루마리에 적힌 글자들은 음성으로도 흘러나왔기에 글자를 모르는 정령들도 무슨 뜻인지 알 수 있었다. 이는 드래곤인 아그노스와 포르티가 두루마리를 제작하며 마법을 깃들였기 때문이었다.
카르카스가 마족들과 짜고 정령들을 희생시켜 왔다는 사실, 그리고 카르의 돌이 바로 그렇게 희생된 정령들의 잔재라는 사실을 알게 된 정령들은 경악과 분노에 휩싸였다.

처음에는 믿지 않는 정령들이 많았지만, 곳곳에서 자신들의 실종된 친구 정령들에 대한 증언이 쏟아져 나왔고, 특히 도시의 유명한 술집 주인 정령들과 웨이터 정령들이 두루마리의 내용이 사실임을 인정한 것이 결정적인 요인이 되어 그들은 결국 카르카스의 악행을 믿게 되었다.

물론 술집 주인 정령들과 웨이터 정령들의 고백이 자발적으로 이루어진 것은 아니었다. 죽은 것으로 알려진 암흑가의 보스 네리나가 그들을 끌고 와 강제로 고백을 시켰기 때문이다.

그 와중에 그동안 속으로는 뭔가 의심을 하고 있어도 카르카스가 두려워 쉬쉬하고 있던 정령들이 도처에서 수군대기 시작했다. 카르카스가 뭔가 음모를 꾸미고 있는 것 같다는 말들이었다.

"크으! 모두 거짓말일 뿐이다. 믿지 마라, 정령들이여. 감히 어디서 헛소리를 하는 것인가, 네리나?"

드넓은 광장 위에 카르카스가 분기탱천한 모습으로 나타났다. 그와 그의 부하 정령들이 대거 나타나자 광장에 모였던 정령들은 두려워 흩어졌다.

그러나 정령들은 완전히 흩어지지 않고 멀리서 카르카스와 네리나의 대치를 불안한 표정으로 지켜봤다. 여전히 카르카스를 영웅으로 맹신하고 있는 정령들도 적지 않았지만, 네리나가 부디 카르카스를 꺾고 그의 음흉한 가면을 벗겨주기를 기대하는 정령들도 많았다.

진실을 알고 있다 해도, 힘이 없으면 진실을 외면할 수밖에 없는 현실이었다. 네리나가 패배하면 그들은 지금처럼 카르카스를 영웅으로 추종해야만 생존할 수 있었기에, 그만큼 네리나에게 거는 기대가 컸다.

눈치 빠른 카르카스는 그러한 미묘한 정령들의 감정을 모두 읽고 있었다. 따라서 그는 자신이 네리나를 해치우고 그녀의 패거리를 일망타진해 버리면, 지금의 상황이 해결될 수 있음을 의심치 않았다.

그때 네리나가 백색의 긴 창을 거머쥔 채 카르카스를 노려봤다.

"마족의 하수인 카르카스! 그동안 너로 인해 마족들의 뱃속으로 들어간 정령들의 복수를 하겠다."

"닥치거라! 정령의 숲에 마족들이 웬 말이더냐? 네리나! 그대는 남부 화산성에서 보낸 첩자가 분명하렷다. 더 이상 헛소문을 퍼뜨려 정령들을 혼미에 빠뜨리지 마라. 사악한 거짓말을 일삼는 그대에게 나 카르카스가 오늘 심판의 단죄를 내리겠다."

카르카스는 짐짓 근엄하고 정의로운 표정을 지었다. 네

리나는 그의 표정이 가증스러워 미칠 지경이었다.

"흥! 심판의 단죄? 그건 내가 할 소리군. 내가 오늘 네 놈의 그 가증스러운 가면을 벗겨주겠어."

"그것은 한낱 꿈에 불과할 뿐이다. 네리나, 남부 화산성의 첩자여! 그만 연기로 변해 사라질 지어다."

그 말과 함께 카르카스는 손을 흔들며 크게 외쳤다.

"모두 쳐라! 네리나와 저 사악한 패거리들을 정령의 숲에서 영원히 지워버려라!"

"와아아아!"

그러자 카르카스의 부하 정령들이 네리나를 향해 파도처럼 밀려들어왔다. 광장의 전면에서 수백도 넘는, 아니 거의 일천에 가까운 상급 정령 전사들이 달려오는 모습은 누가 봐도 소름 끼칠 만큼 두려운 장면이 아닐 수 없었다.

그것은 네리나 역시 마찬가지였다. 그녀가 아무리 최상급 정령이며 또한 도시 암흑가의 보스 정령이라 해도, 혼자서 저 많은 상급 정령들을 상대해 이긴다는 것은 불가능했다. 사실 선두에 있는 카르카스 한 명도 그녀가 감당할 수 없는 상대이지 않은가.

'두려워 말고 창을 던져라! 싸움은 내가 한다.'

그녀는 이 순간 무혼의 말을 떠올렸다. 무혼은 적들이 몰려올 때 두려워 말고 창을 힘껏 던지라고 말했다. 싸움을 자신이 하겠다며 말이다.

그는 대체 어떤 식으로 싸움을 하겠다는 것일까? 창을 던진다 해서 무엇이 달라질 수 있을까? 그녀가 아무리 생각해봐도 황당하기 그지없는 짓이었다. 그러나 그냥 이대로 죽느니, 그의 말대로 한번 해 보기로 했다.

휘익!

네리나는 쥐고 있던 백색의 창을 앞으로 던졌다. 카르카스를 겨눠 던진 것이었다.

쒜에엑!

자신을 향해 하얀색의 창이 날아오자 카르카스는 가소롭다는 듯 조소를 지었다. 창이 제법 강맹한 속도로 날아오지만 이 정도는 그가 가볍게 손을 한 번 휘젓기만 하면 먼지로 변해 버릴 것이다.

스윽.

카르카스는 손을 가볍게 휘저었다. 물론 단순히 손만 휘젓는 것이 아니라 정령력을 쏟아낸 것이었다. 강력한 정령력으로 창을 소멸시키기 위함이었다.

그러나 창은 꿈쩍도 하지 않았다. 오히려 그의 인근에서 더욱 속도가 빨라지더니 그대로 그의 상체를 꿰뚫고 지나갔다.

촤악!

"쿠으으윽!"

카르카스는 가슴이 뻥 뚫린 채 비틀거렸다.

'이, 이럴 수가! 이런 말도 안 되는……'

그는 현재 자신에게 벌어진 일을 도무지 믿을 수 없었다. 네리나가 던진 창에 적중된다 해도, 아니 지금처럼 가슴이 꿰뚫린다 해도, 그의 정령력을 이루는 정령 하트가 박살 난다는 것은 있을 수 없는 일인 것이다.

그러나 창이 스치고 지나가는 순간 카르카스의 정령 하트는 먼지가 되어 흩어져버렸다. 한순간 그가 가진 최상급 정령력이 연기가 되어 날아가 버린 것이었다.

스스스.

일순 카르카스는 자신의 두 발이 먼지로 변해 흩어지고 있는 모습을 내려다봤다. 발목에 이어 무릎, 하체가 먼지로 화했다. 이어서 그의 상체와 머리도 먼지가 되어 흩어지는 것은 순식간이었다.

일세를 풍미했던 북부 도시의 통치자 카르카스의 허망한 죽음이었다. 그에 이어 그의 뒤를 따르던 상급 정령들도 그의 뒤를 따르고 있었다.

"쿠악!"

"꾸어억!"

창이 스치는 곳마다 정령들이 스러지며 연기가 피어올

랐다. 그것은 실로 가공하면서도 끔찍한 장면이었다. 지켜보는 정령들에게는 경이로운 것이었지만, 당하는 정령들의 입장에서는 그야말로 소름 끼치는 공포였다.

'살육을 멈추고 싶으면 오른손을 허공으로 들어 올려라. 그때부터는 네가 지정하는 녀석들만 죽게 될 거야.'

네리나는 무혼이 했던 다른 말을 떠올리며 오른손을 번쩍 들었다. 카르카스와 그의 주요 심복들이 죽은 이상 그를 따르던 다른 상급 정령들까지 모두 죽일 필요는 없기 때문이었다.

그 순간 정령들을 마구 학살하던 백색의 창이 허공에서 멈춰 섰다. 놀랍게도 그사이 백색의 창은 카르카스에 이어 1백여 명이 넘는 상급 정령들을 소멸시켜버린 터였다.

'하아!'

네리나는 창이 허공에 멈춰 서자 나직이 안도의 한숨을 내쉬었다. 그녀가 오른손을 들지 않았다면 저 창은 지금도 정령들을 무자비하게 살육하고 있었을 것이다.

그보다 대체 어떻게 평범한 창이 저와 같은 가공할 능력을 발휘하게 된 것일까? 그녀는 무혼의 능력이 특별할 것이라고는 생각했지만 이토록 대단할 줄은 상상도 못 했다.

그녀는 비로소 무혼이 왜 이 도시를 그녀에게 맡기겠다는 말을 자신 있게 했는지 이해가 되었다. 그동안 포르티

와 아그노스 등이 왜 무혼만 돌아오면 모든 일이 해결된다
는 식으로 말을 했는지도, 또 그가 얼마나 무서운 능력을
지녔는지도 그녀는 지금 철저히 체감하고 있었다.

놀랍게도 무혼은 자신을 드러내지 않고 그 모든 일을 네
리나가 하는 것처럼 비춰지게 했다. 그것은 이후 그녀가
이 도시를 수월하게 통치할 수 있도록 그녀에게 권위를 부
여하기 위함이 아니겠는가.

그러한 무혼의 배려에 네리나는 크게 감동하지 않을 수
없었다. 그녀는 세차게 뛰는 가슴을 진정시키며 전면을 노
려봤다. 그곳에는 카르카스의 부하 정령들이 두려움과 불
안함이 가득한 표정으로 그녀의 눈치를 보고 있었다.

저들은 알고 있을까? 지금도 그녀가 손짓만 한다면 모
두들 연기가 되어 사라질 운명이라는 것을 말이다.

물론 네리나는 그럴 생각이 없었다. 카르카스의 부하들
을 모두 죽일 생각이었다면 그녀는 오른손을 들지도 않았
을 것이다. 그들 중 대부분은 중급 정령이었다가 카르카스
의 부하가 된 자들로, 그에게 이용당하는 불쌍한 정령들이
라 할 수 있었다.

그런 그들을 모두 죽인다는 것은 있을 수 없는 일이었
다. 그러나 그들과 달리 도저히 용서할 수 없는 부류가 있
었다.

그녀는 고개를 힐끗 돌려 술집 주인 정령들을 노려봤다. 곧바로 그녀의 손가락이 그들을 가리켰다.

팍! 파악!

"쿠어어억!"

"꾸아악!"

카르카스의 가장 악랄한 부하 정령들이었던 술집 주인 정령들에 의해 그동안 얼마나 많은 불쌍한 정령들이 희생되었는지 모른다. 그래서 네리나는 그들을 단죄하기로 했다.

물론 모든 술집 주인 정령들이 대상은 아니었다. 카르카스의 부하 정령임이 확실시된 일부 술집 주인 정령이 그 대상이었다.

그들은 비참하게 죽었다. 그 이후에야 네리나는 왼손을 들어 올렸다. 그러자 허공을 누비던 백색 창이 나비처럼 너울너울 날아 그녀의 손으로 돌아왔다.

그러한 광경을 지켜보던 정령들의 두 눈은 휘둥그레져 있었다. 모두들 네리나가 신비한 능력을 발휘해 카르카스 일당을 쓰러뜨렸다고 믿고는 환호성을 질렀다.

"와아아! 네리나 님이 승리했다!"

"네리나 보스가 이겼다!"

그들의 함성과 함께 카르카스의 부하 정령들은 일제히

납작 엎드려 덜덜 떨었다. 그들은 네리나의 눈치를 보며 그녀의 자비를 구했다.

이로써 정령의 숲 북부 도시에는 새로운 영웅 네리나가 등장했다. 더불어 그녀는 모두에게 추앙받는 통치자로서의 절대 권위까지 보유하게 되었다. 모든 정령들은 그녀가 가진 백색의 창을 심판의 창이라 부르며 두려워했다.

잠시 후 네리나는 무혼을 찾아와 말했다.

"고마워, 무혼. 덕분에 내가 이 도시의 통치자가 되었구나."

"너라면 이곳을 잘 다스릴 것이라 믿는다, 네리나."

"가능하면 도시의 많은 정령들이 행복할 수 있도록 최선을 다해볼게."

네리나는 비록 이곳 북부 정령의 도시가 카르카스와 사악한 마족들의 꾀로 만들어진 도시라 해도, 도시 자체를 없앨 생각은 없다고 말했다.

도시의 유용한 기능들은 그대로 두되, 이전처럼 정령들이 라나나 유흥만의 노예가 되지 않도록, 또한 기왕이면 보다 많은 정령들에게 공평한 기회가 돌아갈 수 있도록 정령석을 배분할 방법을 찾아보겠다고 했다.

"그러면 나는 이만 떠나겠다. 멋진 통치자가 되길 바라

마, 네리나."

그러자 네리나가 탄식하며 고개를 흔들었다.

"이 도시의 진정한 로드는 바로 너야, 무혼. 나는 네게 위임받아 이 도시를 통치할 뿐이야."

"그런 생각할 필요 없어. 이제 난 이 도시의 일에는 관심을 갖지 않을 것이다. 네가 이 도시를 말아먹든 말든 내가 알 바 아니야."

"상관없어. 네가 두 번 다시 이곳에 오지 않는다 해도, 난 너를 영원한 나의 로드로 여길 거야."

네리나의 타는 듯한 강렬한 눈빛은 왠지 사만다의 애틋했던 그것과 닮아 있었다. 무혼은 그런 그녀에게 따스한 미소를 한 번 지어 주고는 포르티 등과 함께 정령의 숲을 빠져나왔다.

*   *   *

"자스탄이 당하다니! 믿을 수 없군."

흑탑의 최상층. 흑마법사 라사라는 이로이다 대륙에 파견된 마족 중, 자신에 이어 서열 2위인 최상급 마족, 자스탄의 죽음에 경악한 터였다.

자스탄은 상급 마족 둘과 함께 정령의 숲에 파견되었다.

그는 최상급 마족이었고, 이로이다 대륙에서 드래곤 로드 푸르카 정도가 아니면 그를 위협할 만한 존재는 없었다.

그런 자스탄이 죽었다. 그것도 정령이 아니면 들어갈 수 없는 정령의 숲에서.

그것은 라사라에게 매우 충격적인 일이 아닐 수 없었다.

정령이 아닌 존재가 정령의 숲으로 들어갈 수 있는 방법은 결계의 틈을 통해 들어가는 것뿐이다.

그 틈은 매우 은밀한 곳에 있었고, 라사라는 그것을 푸르카를 통해 알아냈다. 엄밀히 말하면 푸르카의 애인인 리디아가 푸르카에게 그곳의 위치를 듣고 라사라에게 알려 준 것이었다.

라사라는 그것을 다시 자스탄에게 알려 주었고, 그로 인해 자스탄은 상급 마족 둘과 함께 정령의 숲에서 신상 마족으로서의 임무를 수행하고 있었다.

'어떻게 알아냈는지 모르지만 그놈도 그곳을 통해 들어간 게 분명해.'

라사라는 무혼이 어떤 식으로든 그 은밀한 틈새의 위치를 알아냈고, 그곳을 통해 정령의 숲에 들어갔으리라고 추측했다.

'크드득! 도무지 믿을 수 없는 놈이군. 어찌 인간이 자스탄을 죽일 수 있을 만큼 강하다는 말이냐?'

일단 무혼이 그렇게 정령의 숲으로 들어간 것만으로도 충분히 놀라운 일이지만, 그가 최상급 마족인 자스탄을 죽인 것은 그야말로 경악스러운 일이었다.

라사라는 가면 갈수록 무혼이라는 존재가 매우 꺼림칙하지 않을 수 없었다. 그녀는 문득 드래곤 로드 푸르카가 왜 그와 불가침의 맹약을 맺었는지 이해했다.

드래곤 로드도 포기한 상대라면, 사실 라사라 그녀가 직접 나선다 해도 무혼이라는 인간을 죽이기 힘들 수도 있었다. 자칫 자스탄처럼 죽임을 당할 위험도 없지 않았다.

라사라는 이를 갈았다.

'으득! 정말 분하구나. 완성 직전이었던 다크 포탈이 자스탄의 죽음으로 인해 또 늦춰지고 말았으니. 아아, 그분의 분노를 어찌 감당한단 말인가.'

유레아즈가 지시한 것은 마족들이 이곳 세상을 파괴하는 것도 아니고, 마음에 안 드는 녀석들을 죽이는 것도 아닌, 오직 하나 다크 포탈을 완성시키는 것이었다.

라사라가 왜 흑탑이라는 것을 만들어 어둠 속에서 은밀히 작업을 하고 있겠는가. 이는 결코 드래곤들이나 고바 제국의 마탑들이 두려워서가 아니었다.

오히려 전쟁은 마족들이 바라던 것이다. 세상을 피와 살육의 도가니로 만들어버리는 것이야말로 마족들의 염원이었다.

그러나 그 모든 것들은 다크 포탈의 완성 이후로 미뤄야 했다.

다크 포탈이 완성되면 이곳 흑탑은 마계 유레아즈의 궁전과 연결되게 된다. 사실상 이로이다 대륙이 마계로 변하는 것과 같은 상황이 발생하는 것이었다.

유레아즈의 휘하에는 상급 마족만 수천이 넘는다. 중급과 하급 마족의 경우에는 족히 수만을 헤아리고, 그 아래 마수들과 마군들의 숫자는 측정불가였다.

따라서 다크 포탈이 완성되기만 하면 지금의 모든 고민이 해결된다. 골칫덩이 드래곤들은 물론이고, 무혼이라는 성가신 인간도 유레아즈의 분노 앞에 무력하게 스러져버릴 것이었다.

스스스.

바로 그때였다. 라사라의 앞으로 시커먼 흑색의 그림자 하나가 돌연 나타났다.

스스스.

두 눈 부분만 핏빛으로 번뜩이는 흑색의 그림자. 그것이 라사라를 향해 정중히 허리를 숙이며 말했다.

"라사라 님, 다시 뵙는군요."

"카미로스?"

라사라는 안색을 딱딱하게 굳혔다. 그림자는 다름 아닌 마족 카미로스의 분신이었다. 그는 마왕 유레아즈의 측근으로, 중요한 일이 있을 때 분신으로 나타나 라사라에게 유레아즈의 말을 전하는 임무를 맡고 있었다.

"짐작하고 계시겠지만 저는 유레아즈 님의 명을 라사라 님께 전하러 왔습니다."

"으음."

라사라는 긴장한 표정으로 고개를 끄덕였다. 최상급 마족인 자스탄의 죽음은 이미 유레아즈가 알고 있을 것이다. 유레아즈의 성격상 상급 마족들은 몇이 죽어나가건 그다지 신경을 쓰지 않겠지만, 최상급 마족이라면 얘기가 다르다.

지금쯤 유레아즈는 엄청나게 분노하고 있을 것이 분명했다. 그 생각을 떠올린 라사라는 잔뜩 긴장하지 않을 수 없었다.

카미로스는 그런 라사라의 심정을 알고 있다는 듯 의미심장하게 웃으며 말했다.

"라사라 님께서도 짐작하셨겠지만 지금 유레아즈 님께서는 매우 분노하셨습니다. 라사라 님께는 다른 모든 일을 중지하고 오직 다크 포탈을 완성시키는 데만 집중하라 전하셨지요. 다크 포탈의 완성이 계속 늦어지면 용서하지 않겠다 하셨습니다."

"그렇지 않아도 그것에 집중할 생각이었다, 카미로스."

그러자 카미로스가 두 눈을 섬뜩하게 번뜩이며 말했다.

"크크크! 그분의 뜻을 잘 이해하셔야 합니다. 그러니까 쓸데없는 잡일들로 시간을 낭비하지 말라는 것입니다."

"쓸데없는 잡일? 그게 무슨 뜻이냐?"

"유레아즈 님께서는 이제 라사라 님의 능력으로는 그 필리우스의 후인이라는 인간 놈을 상대하는 것이 불가능하다는 판단을 내리셨습니다. 유레아즈 님께서 직접 놈을 찢어 죽인다고 하셨으니, 라사라 님은 다른 일을 다 집어치우시고 다크 포탈을 완성하는 데만 집중하십시오. 특히 라사라 님의 지극히 개인적인 취미인 흑마법 연구니 흑탑의 부흥이니 이따위 것들은 모조리 때려치우시라 이 말입니다."

라사라의 인상이 확 일그러졌다.

"때려치우라? 말이 지나치군, 카미로스……."

그러자 카미로스도 라사라를 노려봤다.

"그만큼 상황이 매우 심각하다는 것을 알려드리는 것입니다. 유레아즈 님은 매우 분노하셨습니다. 지금 마계는 그분의 분노로 인해 분위기가 말이 아닙니다. 숨조차 편히 쉬기 힘들다는 뜻이죠. 그러니 그냥 쥐죽은 듯 자취를 감춘 채 오직 다크 포탈을 완성하는 데만 신경을 쓰시란 것입니다. 그렇지 않으면 무슨 일이 벌어질지 모릅니다. 아시겠습니까? 크크큭!"

"으득! 무슨 말인지 알아들었으니 그만 해라."

라사라는 조롱하듯 말하는 카미로스의 분신을 당장이라도 찢어발기고 싶었지만 참았다.

카미로스의 말대로 지금 상황은 매우 심각했다. 그의 말을 들어보니 유레아즈가 얼마나 분노했는지 라사라는 충분히 짐작할 수 있었다. 아마 지금 그녀가 유레아즈의 앞에 있었다면 끔찍하게 죽임을 당했을 것이다.

지금으로서는 유레아즈의 분노를 푸는 방법은 조속히 다크 포탈을 완성하는 것 외에는 없었다. 그때가 되면 유레아즈는 이로이다 대륙을 살육의 장으로 만드느라 정신없을 것이고, 그사이 자연스레 라사라를 향한 분노는 사그라질 것이었다.

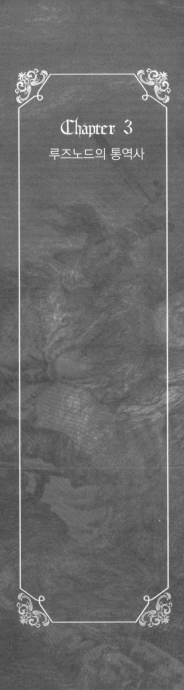

Chapter 3
루즈노드의 통역사

　카미로스의 분신이 사라진 후 라사라는 곧바로 흑탑의 지하로 내려갔다. 거대한 다크 포탈이 형성되고 있는 지하 공간의 주위로는 신상 마족들이 대거 포진해 있었다.

　이제 그녀 또한 그 대열에 합류해야 할 상황이었다. 인페르노의 장로로서는 물론이요, 흑탑의 탑주로서의 활동도 모두 중지하고 오로지 신상 마족으로서 다크 포탈을 만드는 데만 전력을 다하지 않으면 안 되는 것이다.

　"아마스칼!"

　잠시 후 신상 마족이 된 라사라는 그녀의 권속인 아마스칼에게 암흑의 전성을 날렸다. 아마스칼의 본신은 베라카 왕국의 도시 케리어스의 모처에 은신해 있었다.

〈저를 부르셨습니까, 라사라 님?〉

"지금 너는 무엇을 하고 있느냐?"

〈이전에 명령하신 대로 하나의 인간 분신을 만들어 트레네 숲에 잠입했습니다. 잠입은 매우 성공적이며 어쩌면 트레네 숲의 일원으로 인정받을 수 있을 것 같습니다.〉

아마스칼은 키득거리며 말을 이었다.

〈이젠 엘리나이젤 놈도 저를 좋게 보고 있지요. 잘하면 그동안에는 가보지 못했던 숲의 중부와 북부에도 가볼 수 있게 될 것입니다.〉

아마스칼이 엘리나이젤까지 감쪽같이 속여 넘길 줄이야. 라사라는 자신이 창조한 권속인 아마스칼이 기특하기 이를 데 없었다.

"오호호홋! 과연 너는 나를 실망시키지 않는구나."

〈흐흐, 물론입니다. 길어도 대략 한두 달 정도면 모든 걸 알아낼 수 있을 것이니, 그때쯤 다시 트레네 숲을 대거 공격할 준비를 하시면 될 듯합니다.〉

아마스칼의 말에 라사라는 씁쓸히 웃었다. 그녀는 이제 신상마족으로서 다크 포탈을 완성시키는 데만 집중해야 한다는 사실을 아마스칼은 전혀 모르고 있는 것이다.

"아마스칼! 한동안 나와 마족들은 다른 일로 바빠 그 일에 신경을 쓸 수 없을 것이다. 내가 다시 연락할 때까지 너는 트레네 숲에서 신임을 받으며 그곳의 동정과 상황을 면밀히 파악하고 있도록 해라."

〈흐흐, 맡겨주십시오.〉

*　　　*　　　*

트레네 숲 남부 도시 루즈노드.

엘리나이젤이 루즈노드라고 이름 붙인 이 특별한 교역도시는 이로이다 대륙을 통틀어 인간과 몬스터들이 자유롭게 교역을 할 수 있는 유일한 도시였다.

인간, 오크, 코볼트, 리자드맨들 중 각각의 나라에서 명망 높은 장인들이 대거 투입되어 만들어진 건물들의 숫자는 나날이 늘어나고 있었고, 그만큼 도시의 규모도 커져갔다.

서대륙과 동대륙의 이름 있는 상단들이 모여들고 매일 엄청난 액수의 거래가 이루어지자, 이를 기회로 여기고 모여드는 중소 규모의 상단이나 행상들의 숫자는 갈수록 많아졌다.

그들을 수용할 만한 숙박 시설, 각종 식당과 같은 건물들이 엘리나이젤의 허가를 받아 속속 지어졌다. 그만큼 건축 수요가 늘자, 도시 루즈노드에는 그야말로 건축의 열풍이 불만큼 난다 긴다 하는 건축의 장인들이 모여들었다.

그러자 장인들에게 건축 기술을 배우고자 하는 꿈 많은 건축가 견습생들도 모였고, 자연스레 그와 관련된 아카데미들도 생겨났다.

아카데미에서는 인간 건축 견습생들이 코볼트 장인들에게 건축 기술을 배울 수도 있었고, 반대로 호기심 많은 리자드맨 건축가 견습생들이 인간 장인들의 다양한 건축 방식을 배울 수도 있었다.

그렇게 건축 아카데미를 차려 돈을 버는 이들이 생겨나자, 그 이후로 건축뿐 아니라 재봉, 무기 제작, 각종 약제술, 요리 등 온갖 분야의 아카데미들이 속속 생겨나기 시작했다.

그중 몬스터들에게 인기 있는 분야는 인간들의 뛰어난 재봉이나 방직 기술이었고, 인간들은 코볼트 장인들의 무기 제작법에 가장 관심이 많았다.

단순 교역뿐 아니라 서로의 문물이 교육을 통해 전파되는 기현상이 벌어지자, 가장 유망하게 대두되는 직업은 통역사였다.

물론 처음에는 교역소에서 큰 거래가 이루어질 때 트레네 숲의 엘프들이 통역을 해 주긴 했지만, 이제는 누구든 돈을 지불하고 통역사를 고용하지 않으면 안 되었다.

이는 엘프들이 온종일 통역만 담당하고 있을 수는 없기에 엘리나이젤이 그렇게 방침을 정한 것이었다.

엘프들은 사실 인간이나 몬스터들과 어울리는 것을 그리 좋아하지 않는다. 심지어 그들은 특유의 폐쇄성 때문에 자신이 친구라고 생각하는 이들이 아니면 말조차 하지 않으려는 습성도 있었다.

그런 엘프들에게 통역을 담당시키는 것은 그들을 고통스럽게 하는 일이 아닐 수 없는 것이다. 엘프들 중에서도 매우 드물게 성격이 활발하고 이종족들과 어울리기 좋아하는 이들이 있긴 하지만, 대부분의 엘프들은 숲에서 조용히 수련에 몰두하기를 원했다.

따라서 건축 아카데미보다 빠르게 생겨난 것이 바로 통역 아카데미였다. 강사는 당연히 엘프들이었고, 그들은 엘프들 중에서 그나마 성격이 활달하고 교류하기 좋아하는 이들이었다.

통역 아카데미에서는 보조 강사로 인간과 오크, 코볼트, 리자드맨들 중 지식이 있는 이들이 초빙되었고, 장차 유망 직업이 될 거라 생각했는지 수강생들이 엄청나게 모여들었다.

그러나 인간이 몬스터 언어를 배우거나, 몬스터들이 인

간의 언어를 배우는 것은 매우 어려운 일이었다. 언어에 아주 특출난 재능이 있는 소수를 제외하고는 대부분 머리 카락을 쥐어뜯으며 포기하는 경우가 다수였다.

그러다 보니 언어에 특출난 재능이 있는 그 소수에게는 이곳 루즈노드가 놀라운 기회의 땅이 되고 있었다.

그중 하나가 바로 로빈이었다. 행상인 출신 로빈은 처음 에는 클로버 상단의 행렬에 합류해 루즈노드에 들어왔다 가, 몇 번 베라카 왕국과 루즈노드를 왕복하며 약간의 돈 을 벌어들였다.

그러다 통역 아카데미가 생기자 그는 즉시 수강생이 되 었고, 매 강의 때마다 가장 앞자리에 앉아 열심히 강의를 들었다.

미모의 여성 엘프 강사인 타리엔은 매일 하루도 빠지지 않고 열심히 강의를 듣는 로빈을 눈여겨보았다. 로빈은 어 수룩할 정도로 인상이 좋았고, 그러한 인상만큼이나 착했 다.

로빈은 누군가 부탁을 하면 거절을 잘 못 했고, 손해 보 더라도 그 부탁을 들어주는 경우도 많았다. 이를테면 돈 없는 수강생들의 수강료를 대신 내준다거나, 그들의 숙식 비를 내준다거나 하는 등이었다.

오죽하면 엘프인 타리엔이 하도 답답해 보여 충고를 한

적도 있었으니까.

그녀의 충고 덕분일까? 로빈은 조금씩 융통성 있게 행동하기 시작했다. 더 이상 남들의 수강료를 대신 내준다거나 모르는 사람들에게 마구 퍼주는 어수룩한 모습은 잘 보이지 않았다.

그래도 여전히 로빈은 인상이 밝았고, 또한 매사에 열심이었다. 그는 놀랍게도 통역 아카데미에서 가장 우수한 성적을 보여주기도 했다.

그때부터 로빈은 중소 상단들의 통역일을 도와주며 제법 많은 돈을 벌어들였다. 대형 상단이나 마탑들은 매우 비싼 통역료를 지불하더라도 엘프들을 통역사로 고용했지만, 중소 상단들의 경우에는 상대적으로 통역료가 저렴한 로빈과 같은 자를 선호했기 때문이었다.

그렇게 돈을 버는 와중에도 로빈은 시간이 날 때마다 통역 아카데미를 찾아왔고, 그것도 타리엔의 강의를 꼭 찾아들었다.

그러다 보니 타리엔은 로빈이 자신에게 마음이 있다는 것을 눈치챘다. 처음에는 당혹스러웠지만 언제부턴가 그녀 역시 로빈이 자신의 강의에 찾아오기를 기다리게 되었다.

엘프 여성이 엘프가 아닌 인간 남성에게 호감을 느낀다

는 것은 매우 쉽지 않은 일이지만, 순수하면서도 매사에 열정적인 로빈이 타리엔은 갈수록 마음에 들었다.

그러다 보니 둘은 어느새 친구가 되어 있었다. 아직 이성적으로 깊이 사귀는 애인 단계는 아니었지만, 장차 그렇게 될 수도 있을 만큼 가까워져 있었다.

타리엔은 자신의 친구 엘프들에게 로빈을 소개했고, 심지어 엘리나이젤에게도 소개했다. 엘리나이젤은 타리엔에게 인간 남자 친구가 생긴 것을 뜻밖으로 생각했으나, 로빈의 순수한 인상을 보고는 흐뭇한 미소를 지어주었다.

그렇게 타리엔과 로빈은 모두가 사실상 인정하는 공식친구가 된 것이었다. 로빈은 타리엔에게 앞으로 자신도 트레네 숲에서 살고 싶다 말했고, 타리엔은 엘리나이젤에게 그것을 허락받을 수 있도록 말해 보겠다 했다.

그리고 오늘이 바로 그날이었다. 로빈은 창밖이 잘 내려다보이는 전망 좋은 레스토랑에 앉아 타리엔을 기다리고 있었다. 그녀는 지금 엘리나이젤을 만나러 갔고, 잠시 후면 이곳 레스토랑으로 올 것이었다.

'…….'

본래라면 로빈은 이렇게 일이 순조롭게 진행되는 것에 득의의 미소를 흘려야 정상일 것이다. 비록 겉으로 내보이진 않겠지만 속으로라도 말이다.

그러나 로빈의 표정은 왠지 가라앉아 있었다. 그는 석양이 강물을 내리비추는 창밖의 풍경을 잠시 바라보다 문득 감탄성을 발했다.

'강물이 무척 아름답군.'

그러다 그는 움찔 놀랐다. 자신이 이토록 감상적인 생각을 했다는 것에 놀란 것이다.

'집어치워라. 아름답다니! 대체 무슨 헛생각이냐? 너는 아마스칼이다. 로빈이 아닌 아마스칼이라고!'

로빈은 사실 최근 들어 이상해진 자신의 감정에 당혹스러워하고 있었다. 다름 아닌 엘프 타리엔을 만난 이후부터 생긴 기이한 감정들이었다.

그녀로 인해 아주 오래전 사라진 줄 알았던 인간 본연의 감정이 살아나고 있었던 것이다.

아마스칼은 라사라가 지어준 이름이었고, 그전에 그는 어새신 호크로 불렸다. 고바 제국의 암흑가에서 제법 알아주던 실력자였던 그는 라사라에게 납치당한 후 마족들의 피를 마시며 인간으로서의 본성을 상실하고 말았다.

현재의 그는 라사라의 권속이며, 결코 인간이라 할 수 없는 존재였다. 인간이라면 어찌 스스로의 몸을 두 개의 분신으로 나뉠 수 있겠는가. 또한 어찌 마족과 같은 무서운 능력을 가질 수 있겠는가.

그 스스로도 자신은 인간이 아니라는 생각을 한 지 오래였다. 엘프 타리엔에게 접근한 것도 어디까지나 그녀를 이용하기 위함이었으니까.

특히 그가 통역 아카데미를 택한 것도 모두 계획적이었다. 그는 인간뿐 아니라 몬스터들의 말을 특별히 배우지 않아도 모두 알아들을 수 있는 능력이 있기 때문에, 그것을 숨긴 채로 짐짓 언어에 특출난 재능이 있는 것처럼 내보였던 것이다.

다시 말해 매번 수강 때마다 가장 앞자리에 앉아서 열심히 언어를 배운 것도 모두 타리엔의 환심을 사기 위한 연기였을 뿐이었다. 그리고 그는 결국 타리엔과 친구가 되는 데 성공했다.

그런데 타리엔과 가까워지면서 그는 자신에게 이미 사라진 줄 알았던 인간의 감정이 남아 있는 것에 당혹스럽지 않을 수 없었다.

그러한 감정들은 아주 오래전, 그러니까 아마스칼 이전의 어새신 호크에게서도 아닌, 그 이전의 그나마 순수했는지도 모를 소년 시절에나 잠시 가졌던 것들이었다.

호크는 어새신이 되면서 스스로 지었던 이름이고, 그 이전에 그는 로빈이라 불렸었다. 가족 없이 떠돌던 불행한 소년 시절을 지내며 결국 암흑가로 몸을 던지게 되었지만,

그 전까지는 그래도 배고픈 사람을 보면 불쌍히 여길 줄도 알았고, 아름다운 강물을 볼 때는 탄성을 지르기도 하던 소년이었으니까.

그런데 엘프 타리엔과 가까워지며 그때의 감정들이 일부 회복될 줄이야. 이는 그에게 반갑다기보다 오히려 괴로울 뿐이었다. 그의 주인인 라사라가 결코 용인하지 않을뿐더러, 그가 살아가는 데도 방해가 될 것이었다.

로빈은 때가 되면 타리엔의 목을 비틀어 죽일 수도 있어야 한다. 그것이 아마스칼다운 것이고, 그래야만 최상급 마족 라사라의 권속다운 것이다. 이처럼 감쪽같이 그녀를 속이는 것에 오히려 희열을 가져야 하고, 그녀를 배신하는 것을 오히려 기뻐해야 하는 것이다.

그런데 그런 생각을 할수록 로빈의 가슴은 음울하게 가라앉고 있었다.

'크큿. 정신 차려라. 어차피 타리엔도 너의 가식적인 착한 모습에 호감을 품었을 뿐, 만일 너의 실체를 알게 된다면 혐오하지 않겠느냐?'

어느 누가 인간과 마족을 섞어 만든 키메라와 같은 존재를 좋아하겠는가? 그는 이로이다 대륙에서 유일무이한 괴생명체요, 그 존재 자체가 저주인 끔찍한 괴물인 것이다.

그 생각을 떠올리자 로빈의 입가에 이내 비릿한 미소가

일었다. 자조적인 미소 같기도 하고 서글픈 조소 같기도 한 그 미소는 떠오르기 무섭게 곧바로 사라졌다.

그의 얼굴에는 어느새 순박해 보이면서도 해맑은 미소가 맺혀 있었다. 그는 손을 흔들며 레스토랑의 입구를 향해 외쳤다.

"타리엔, 여기요."

그러자 은발의 아름다운 엘프 타리엔이 환한 얼굴로 그를 향해 다가왔다. 그녀는 테이블 앞에 앉자마자 밝은 미소를 지으며 말했다.

"로빈, 엘리나이젤 님이 기꺼이 허락하셨어요. 그분은 당신이 엘프인 나의 친구가 될 정도라면 트레네 숲의 일원이 되기에도 충분한 자격이 있다고 하셨어요."

"오! 그게 정말이오?"

"물론 정말이죠. 후후, 그러니 식사 후에는 함께 트레네 숲에 가는 거예요. 내가 안내할게요."

"고맙소. 모두 타리엔 당신 덕분이오. 내가 트레네 숲의 일원이 되다니 꿈만 같소. 하하하."

로빈은 촉촉해진 눈가를 손등으로 훔치며 말했다. 그를 쳐다보는 타리엔의 두 눈엔 따스함이 가득 담겨 있었다.

잠시 후 식사를 마친 로빈은 타리엔을 따라 루즈노드의 북부에 있는 푸른색의 건물로 들어갔다. 이 건물은 엘프들을 비롯한 트레네 숲의 일원만 출입할 수 있는 곳으로, 허락된 자가 아니면 접근 자체가 불가능했다.

그에 대한 여부는 나무 정령들이 판단했다.

—타리엔, 그리고 로빈. 당신들은 숲의 일원이군요. 출입을 허락하죠.

영롱한 음성과 함께 타리엔과 로빈은 연녹색의 빛에 휩싸였다.

화아아악!

그것은 마법진이 발하는 빛이었다. 타리엔과 로빈은 트레네 숲의 중부 숲에 위치한 마법진으로 텔레포트되었다.

"도착했어요, 로빈. 여긴 엘프들의 거처가 있는 곳이고 북쪽엔 오우거와 미노타우르스를 비롯한 거족(巨族) 친구들이 살아요. 덩치는 크지만 모두 착하니 걱정할 것 없어요."

타리엔은 오우거나 미노타우르스와 같은 초대형 몬스터를 거족 친구라 불렀다. 그녀는 남쪽을 가리키며 말을 이었다.

"그리고 저쪽에 난 길로 한참 걸어가면 하늘 호수가 나오죠."

"오! 하늘 호수라. 그곳의 경치가 정말 아름답다고 들었소."

로빈은 두 눈이 휘둥그레진 채로 주변을 돌아보며 말했다. 그는 엘프들이 자유롭게 거닐며 대화를 하거나 나무 위에 올라가 잠을 자거나, 혹은 검을 휘두르며 수련을 하는 장면을 신기하다는 듯 쳐다봤다.

그것을 본 타리엔이 웃었다.

"자, 따라와요. 하늘 호수를 구경시켜 줄게요."

타리엔의 뒤를 따르는 로빈의 두 눈은 본능적으로 사방을 훑고 있었다. 트레네 숲 내부의 지형과 엘프들이 있는 위치 등을 기억해 두는 것이었다.

"오우워어! 너는 타리엔 아니냐?"

그때 어디선가 우레 같은 포효와 음성이 함께 들려왔다. 고개를 돌려보니 거대한 오우거 하나가 손을 흔들고 있었다.

타리엔은 인상을 찌푸리며 오우거 제리드를 노려봤다.

"제리드! 내가 작게 좀 말하라고 했잖니. 이러다 귀 떨어지면 네가 책임질 거야?"

"헤헤! 미안하다. 깜빡 잊었구나."

제리드는 머리를 긁적였다. 그러다 힐끗 타리엔의 뒤에 서 있는 로빈을 보며 고개를 갸웃했다.

"근데 뒤에 있는 인간은 누구냐?"

"로빈이라고 새로 숲의 일원이 됐어. 서로 인사해. 이쪽은 오우거 제리드. 트레네 숲에 있는 오우거 대장이지. 그리고 여긴 로빈. 루즈노드의 유망한 통역사."

그러자 제리드는 로빈을 보며 히죽 웃었다. 그는 큼직한 손을 조심스레 내밀며 말했다.

"반갑다. 친하게 지내보자."

"그……, 그러지."

힐끔 눈치를 보며 대답하는 로빈을 향해 제리드는 최대한 부드러운 표정을 지으며 말했다.

"그럼 다음에 같이 수련이나 하자. 이건 선물이다."

그러고 보니 제리드는 등에 과일이 잔뜩 담긴 자루를 지고 있었다. 그중에서 붉은 빛깔이 나는 먹음직한 과일 하나를 로빈에게 건넸다.

"고맙다."

로빈이 과일을 받아들자 제리드는 씨익 웃고는 타리엔에게도 같은 과일을 하나 건넸다. 타리엔은 과일의 향기를 살짝 맡아 보고는 미소 지었다.

"호호, 내게도 주는 거야? 잘 먹을게. 그런데 웬 과일을 그렇게 잔뜩 딴 거야?"

"이번에 새로 들어온 신입 녀석들에게 신선한 과일을 좀 먹이려고. 그럼 난 간다."

제리드는 킬킬 웃으며 멀어져갔다. 그 후로도 그들은 미노타우루스 로드릭과 사이클롭스 히크트 등과 마주쳤고, 타리엔은 모두와 매우 반갑게 인사했다. 로빈은 어색한 표정으로 그녀의 뒤를 따랐다.

그사이 날은 어둑해졌지만 기이하게도 그들 주변은 대낮처럼 밝았다. 이는 나무 정령들의 배려였다. 나무들이 나뭇잎으로 달빛을 증폭시켜 그들이 길을 잃지 않도록 길을 훤하게 비춰주고 있었다. 그들이 있는 주변만 밝아졌다가 그들이 지나가면 다시 어두워지는 식이었다.

'대단하군. 조심해야겠다.'

가는 곳마다 나무 정령들이 있다는 것은 로빈에게 부담스러운 일이 아닐 수 없었다. 조금이라도 의심스러운 행동을 했다가는 곧바로 들통이 날 우려가 있는 것이다.

그렇게 울창한 수풀 사이로 난 길을 따라 한참을 갔을까? 갑자기 시야가 환해지더니 푸른 바다처럼 드넓은 호수가 나타났다.

하늘이 호수에 그대로 담긴다 해서 하늘 호수라 이름 지어진 이 호수는 과연 명성대로였다. 밤하늘의 달과 별들이 호수 위에서도 찬연히 빛나고 있었다. 로빈은 짐짓 초연하려 했지만 그 경이로운 광경에 감탄을 하지 않을 수 없었다.

그보다 더욱 놀라운 광경은 호수 위를 푸른 피부의 여

인이 마치 산책하듯 거닐고 있다는 사실이었다. 그 여인을 본 로빈은 흠칫 놀랐다.

'물의 정령이군.'

평범한 물의 정령은 아닌 듯 언뜻 봐도 상상할 수 없이 강력한 기세가 뿜어져 나왔다. 그때 타리엔이 물의 정령을 가리키며 말했다.

"저기 호수 위에 정령이 보이죠? 저분은 아르나 님이세요. 최상급 정령이죠."

"그, 그렇소?"

로빈은 신기한 듯 두 눈을 크게 떴지만 실은 깜짝 놀라고 있었다. 아르나라면 그 역시 들어서 알고 있었다. 그녀는 최상급 물의 정령으로서 상급 마족들조차 마주치기 꺼리는 경계 대상이 아닌가?

'으! 이 숲에 엘리나이젤 못지않은 능력을 가진 정령이 또 있을 줄이야.'

아르나가 있는 이상 트레네 숲을 파괴하려면 상급 마족 대여섯 정도로는 어림도 없었다. 열 명으로도 부족한 감이 있었다. 여유 있게 승리하려면 스물은 있어야 할 듯했다.

로빈은 겉의 해맑은 표정과는 달리 속으로는 트레네 숲의 숨겨진 전력을 파악하느라 정신이 없었다. 간혹 어둠 사이로 환상처럼 보였다 사라지는 언데드 엘프들의 모습도 그는 놓치지 않았다.

그런데 그런 그의 몸이 일순 세차게 떨렸다. 유유히 수면 위를 거닐던 물의 정령 아르나가 그를 슥 한 번 쳐다본 것 때문일까?

그것은 아니었다. 아르나는 로빈에게 그 어떤 적의나 경계심도 드러내지 않았다.

로빈이 갑자기 두려워 떤 것은 그로서는 감당할 수 없는 기운을 가진 한 존재가 호숫가를 거닐고 있는 모습을 발견했기 때문이었다.

자줏빛의 신비로운 머리색을 가진 소녀였는데, 그녀는 십여 명의 엘프들과 함께 담소를 나누며 호숫가를 걸어오고 있었다.

다행히 그녀는 아직 로빈을 보지 못한 것 같았다. 로빈은 타리엔을 향해 다급히 말했다.

"타리엔! 나는 이만 가서 쉬어야겠소. 나의 거처로 돌아가리다."

그러자 타리엔이 아쉬운 표정을 지으며 고개를 끄덕였다.

"피로하다면 바로 쉬는 게 현명한 일이죠. 현자 루인 님을 소개해 주려 했는데 다음 기회로 미뤄야겠네요."

그녀가 멀리 자줏빛 머리카락의 소녀를 가리키며 말을

하자 로빈은 속으로 무척 놀랐다.

'루인이라면? 알렌 백작의 딸이 아닌가? 그런데 그녀가 현자였다니!'

현자라는 칭호는 아무에게나 붙여지지 않는다. 현재 고바 제국 내에 현자라 불리는 인물이 아무도 없을 만큼 현자는 희귀한 존재였다.

그런데 루인이 숨겨진 현자였다니 로빈으로서는 깜짝 놀랄 만한 일이었다.

무엇보다 그로서는 루인과 마주치는 것이 매우 두려운 일이었다. 이는 매우 기이한 일이었다. 엘프의 수호 정령 엘리나이젤이나 물의 정령 아르나를 보면서도 크게 두렵다는 생각을 하지 않은 그가 어찌 루인을 두려워한다는 말인가?

그 이유는 단 하나였다. 모두에게 감쪽같이 감춰온 자신의 정체가 모조리 드러날 것 같은 불길한 느낌! 루인을 보는 순간 로빈은 그러한 예감이 들었던 것이다.

로빈은 타리엔을 따라 마법진이 있는 장소로 초조히 이동했다. 몇 번을 생각해 봐도 루인은 로빈이 절대로 마주쳐서는 안 되는 인물이었다. 그것이 여의치 않으면 가장 먼저 제거해야 할 인물이었다. 그녀야말로 로빈에게 있어서는 가장 위험한 존재였다.

'크으! 현자라! 정말 그녀가 현자가 맞는지는 모르지만 현자에 근접한 존재는 틀림없다. 그렇지 않다면 나를 이토록 두렵게 만들 수 없다.'

그때 마법진 앞에 도착한 타리엔이 손을 흔들었다.

"그럼 내일 봐요, 로빈. 푹 쉬어요."

"당신도 편한 밤 되시오. 오늘 정말 고마웠소, 타리엔."

로빈은 타리엔과 인사를 한 후 마법진을 타고 루즈노드로 이동했다. 곧바로 거처로 묵고 있는 여관으로 향하는 그의 표정은 어둡기 짝이 없었다.

'어떻게 해야 한다?'

그는 심히 갈등 중이었다. 엘프 타리엔과 친해져 어렵게 트레네 숲의 일원이 되는데 성공했지만, 루인이라는 현자가 존재하는 이상 그는 그녀가 있는 하늘 호수 근처에는 접근조차 해서는 안 되는 상황이었다.

아니, 웬만해서는 트레네 숲 안쪽으로 가지 않는 것이 상책인 것이다. 루인이 항상 하늘 호수에만 있으리란 법은 없으니 말이다.

따라서 그에게는 두 가지 선택이 있었다.

하나는 지금처럼 루즈노드에 살면서 적당히 트레네 숲의 동정을 살피는 것, 다른 하나는 루인을 어떤 식으로든 제거해 버리는 것이었다.

물론 그중 후자 쪽이 아마 스칼다운 선택일 것이다. 설사 분신이 발각된다 해도 그는 루인을 죽이는 쪽을 선택해야 한다. 분신이야 어차피 또 새로 만들면 되지만, 루인처럼 위험한 현자가 세상에 존재하는 것은 그에게는 재앙과 같은 일이니까.

지금을 위해서라도, 아니, 나중을 위해서라도 루인과 같은 존재는 반드시 사라져야 한다. 로빈이 작정하면 루인을 제거하는 것은 어려운 일이 아니었다.

그러나 그런 생각을 할 때마다 엘프 타리엔의 맑은 미소가 눈앞에 아른거렸다. 여관에 있는 방으로 들어서는 로빈의 표정은 음울하게 가라앉아 있었다.

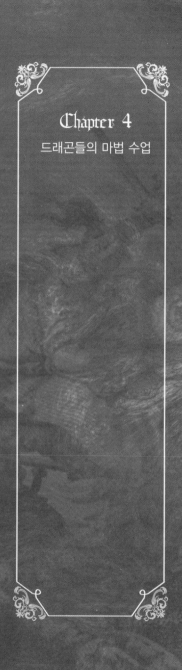

Chapter 4
드래곤들의 마법 수업

한편 무혼은 차원의 보주를 만들기 위한 열 가지 재료
중 다섯 개를 확보했다.

불의 정화

물의 정화

바람의 정화

땅의 정화

마족의 뿔

현재까지 구한 것들이다. 아그노스가 뿌듯한 표정으로

말했다.

"후후, 정령의 숲에 들어가 네 가지 정화를 얻었고, 무혼 네가 마족을 죽이고 뿔도 얻었으니 이제 남은 건 슬픔의 진주, 의지의 잎사귀, 현자의 눈물, 용맹의 투혼, 수호자의 피. 이렇게 다섯 가지야."

그러자 포르티가 말했다.

"사실상 남은 건 두 가지뿐일 텐데? 그중 의지의 잎사귀는 엘리나이젤에게 가면 얻을 수 있고, 수호자의 피는 내 피를 세 방울만 뽑으면 된다. 그리고 현자의 눈물 또한 트레네 숲에 현자가 있다고 했으니 이미 얻은 거나 마찬가지 아니냐?"

아그노스가 고개를 흔들었다.

"앞의 두 개는 그렇지만, 현자의 눈물은 빛의 크리스탈로 만들어진 병에 담지 않으면 안 돼."

"빛의 크리스탈로 만든 병? 그게 어디에 있는데?"

"나도 모르겠어. 닥치는 대로 뒤져봐야지."

"대충이라도 단서를 알아야 뒤지지. 그렇다고 이로이다 대륙을 몽땅 뒤질 수는 노릇 아니냐?"

"분산해서 찾아보는 건 어때? 포르티 넌 동대륙, 난 서대륙 뭐 이런 식으로 말이야."

"그런 식으로 하다간 몇백 년이 걸려도 찾기 힘들 거

다."

그러자 무혼이 고개를 흔들었다.

"빛의 크리스탈로 만든 병은 가장 나중에 찾는다. 일단 쉽게 구할 수 있는 나머지 두 개부터 찾아보기로 하자."

"좋아. 그럼 어디부터 갈까? 용맹의 투혼? 아니면 슬픔의 진주? 네가 결정해, 무혼."

용맹의 투혼은 오크들 사이에 내려오는 전설 속의 보물이고, 슬픔의 진주는 북해의 머메이드들에게 있다고 했다.

"그럼 용맹의 투혼부터 찾은 후 북해로 올라가기로 하는 게 좋겠군. 그렇지 않아도 오크 황제와 담판을 벌일 일이 있었거든."

포르티가 고개를 갸웃했다.

"담판? 오크 황제에게 뭐 받아낼 거라도 있냐?"

"대략 반년 전쯤 엘프들과 거족 노예들을 모조리 방면해 트레네 숲으로 보내라고 황제의 아들인 8황자를 통해 경고했었다."

그러자 아그노스가 말했다.

"네가 어지간히 화끈하게 경고를 날렸다면 모를까 아마 꿈쩍도 하지 않았을 걸. 오크들이 제법 고집이 센 데가 있거든."

포르티가 끄덕였다.

"흐흐! 그렇다, 무혼. 직접 가서 황궁을 뒤집어엎어 버리지 않는 한 오크 황제는 드래곤의 협박이라도 사뿐히 무시해버릴 거야."

"그런가? 다른 오크들은 드래곤이라는 말만 들어도 겁을 잔뜩 먹던데?"

"그거야 보통의 오크들 얘기고, 오크 황제 정도 되면 간덩이가 상당히 부어 있을 거다. 아마 눈앞에서 부하들의 모가지가 날아가는 꼴을 봐야 비로소 겁을 먹을 걸."

"정말로 그렇다면 불행을 자초하는 거겠지."

무혼은 씁쓸히 웃으며 고개를 끄덕였다.

'크돌로르! 반년 정도면 충분히 생각할 기회를 주었다고 본다. 여전히 고집을 피운다면 네가 가진 모든 것을 잃게 될 것이다.'

어찌 보면 오크 황제에게는 무혼의 그 경고가 청천벽력과 같은 것이며, 매우 억울한 일이 될 수도 있을 것이다. 그의 입장에서 보면 노예들은 자신들의 소유요, 재산이기 때문이었다.

그러나 그의 그러한 억울함은 오크들 밑에서 비참한 노예 생활을 하고 있는 엘프들이나 초대형 몬스터 즉, 거족(巨族)들에 비하면 아무렇지 않을 정도로 하찮을 뿐이었다.

애초부터 힘으로 엘프들을 짓밟고, 거족들을 사육했던

오크들 아닌가? 무혼은 오크 황제나 오크들을 그다지 동정하고 싶은 생각은 없었다.

'너희들 역시 더욱 강한 힘에 짓밟혀 본다면 노예라는 것이 얼마나 비참한 것인지 알게 될 것이다.'

무혼은 곧바로 말했다.

"어쨌든 무작정 황궁을 뒤집어엎을 순 없는 일이니 우선 엘프들이 여전히 노예 상태로 있는지 확인해봐야겠다. 실피, 이곳에서 가까운 오크 마을이나 도시가 있느냐?"

"여기서 남쪽으로 산을 몇 개만 넘으면 오크 도시 하리쿰이 나와요."

"잘됐군. 오늘은 그곳에서 묵기로 하자."

무혼은 아공간에서 주술의 목걸이를 꺼내 목에 걸었다. 그러자 무혼은 오크 미청년의 모습으로 변했다. 트롤 모리스가 준 주술의 목걸이는 참으로 유용했다.

그 모습을 본 아그노스가 탄성을 질렀다.

"무혼 넌 오크로 변해도 여전히 멋진걸? 그렇다면 나도 예쁜 오크로 변해 볼까?"

포르티도 이게 웬일이냐는 듯 흥미로운 표정을 지었다.

"어엉? 웬 오크냐? 그동안은 정령이더니 이제는 오크란 말이더냐? 흐흐! 네 덕분에 내가 오크 행세도 다 해 보겠구나."

아그노스와 포르티는 싱글거리며 각자 뭐라고 주문을 외웠다. 곧바로 뭉클뭉클 화려한 빛깔의 연기가 피어오르며 그들의 몸을 뒤덮었다. 잠시 후 연기가 사라지고 나자 푸른 머리의 오크 미녀와 붉은 머리의 오크 미청년이 멋들어진 자태를 드러냈다.

무혼의 두 눈이 휘둥그레졌다. 그는 주술의 목걸이를 통해 오크로 변신했는데, 아그노스 등은 간단한 주문만으로 그것이 가능할 줄이야.

"그게 너희 드래곤들의 변신 마법이냐?"

"물론이야. 뭐든 원하는 모습으로 변하는 것쯤은 우리에게 아주 간단한 일이지. 정령 같은 특별한 존재는 예외지만 말이야."

"그것참, 아주 편리한 마법이군."

무혼이 매우 부러워하는 듯한 표정으로 쳐다보자 아그노스 등은 공연히 뿌듯해졌다.

"호호! 그렇게 놀랄 건 없어. 다른 건 몰라도 내가 마법은 좀 안다고."

"험! 나도 싸움은 좀 못하지만 마법은 좀 한다."

싸움은 좀 못하지만? 이게 과연 드래곤이 할 소리인가? 드래곤이 싸움을 못 하다니 그야말로 기막힌 소리가 아닐 수 없다. 혼자서 어지간한 오크 도시 하나쯤은 가볍게 쓸어버리는 존재가 바로 드래곤 아니었던가?

특히나 아그노스와 포르티는 개별 전투력으로는 이로이다 대륙에 있는 드래곤 중 열 손가락에 드는 강자들이었다.

그런 그들이 무혼 앞에서는 자칭 '싸움은 좀 못하지만'이라는 단서를 붙이고 있었다. 무혼은 그들에게 한 번도 싸움을 못 한다, 전투력이 약하다 하는 식으로 핀잔을 준 적이 없는데 말이다.

이는 사실 그들 스스로의 자격지심에 그렇게 말한 것이라 할 수 있었다. 그들은 다른 곳에서나 위대한 드래곤이지, 무혼 앞에서는 거의 잡졸과 비슷한 수준일 뿐이었으니까.

특히나 정령의 숲에 들어가 카르카스의 정령 패거리들에게 쥐어 터지거나, 으슥한 지하 미로에 처박혀 쥐죽은 듯 야서나 보고 있어야 하는 신세를 겪으며 그들은 자신감이 많이 죽어 있었다.

무엇보다 무혼은 이로이다 대륙에 있는 모든 드래곤들이 한번에 덤벼도 이길 수 없을 만큼 강한 능력을 지닌 불가사의한 존재였다. 그와 친구이기 망정이지 만일 적이었다면 단 하루도 발을 뻗고 잠을 자기 힘들었을 터였다.

자연스레 그런 무혼과 비교가 되다 보니 아그노스와 포

르티는 자신들이 매우 싸움을 못하는 연약한 존재인 듯한 착각이 들기도 했던 것이다.

그런 와중에 무혼보다 자신들이 월등히 잘하는 것이 있다는 사실을 비로소 자각하자 그들로서는 신이 나지 않을 수 없었다.

"우후훗. 무혼, 나 황금 깃털 비둘기로 변해볼까? 아니야. 우아한 나비는 어때?"

아그노스는 갖가지 요란한 빛깔의 새나 동물로 변했다가 급기야 칠색의 화려한 나비로 변해 무혼의 주위를 너울너울 맴돌았다. 그에 반해 포르티는 시커먼 날개를 지닌 인상 험악한 괴조로 변해 날갯짓을 했다.

"크흐흐! 난 이런 걸로도 변할 수 있지. 바로 와이번이라는 녀석이야. 어때, 날개가 좀 멋지지 않으냐?"

어떻게 보면 마치 어린아이들이 자랑을 하듯 유치하기 짝이 없는 짓들이었다. 그래 봤자 심검의 경지에 이른 무혼에게는 가소로운 장난 같은 짓이 아니겠는가.

그러나 심검이면 뭐하는가? 그것은 무공의 경지일 뿐이다. 드래곤이건 마족이건 닥치는 대로 쓸어버리는 데는 가공할 위력이 있지만, 와이번은커녕 작은 나비로도 변신할 능력은 주지 못한다.

그러다 보니 무혼은 정말로 부러워 견딜 수 없다는 듯

두 눈을 휘둥그레 뜨고 있었다. 부러운 척을 하는 것이 아니라 정말로 부러웠기 때문이다.

'오! 정말 대단하군. 저런 게 마법인 것인가? 앞으로 틈나는 대로 마법을 연구해야겠다.'

오죽 자랑질이 심하면 옆에서 지켜보던 실피가 눈꼴이 시어 미치겠다는 듯 삐딱한 표정을 지었지만, 무혼은 아그노스 등이 과연 자랑질을 할 만하다며 고개를 끄덕일 뿐이었다.

그렇게 무혼이 부러워하자 아그노스 등은 더욱 신이 나지 않을 수 없었다. 매일 기가 팍팍 죽어 살다가 모처럼 자랑할 것이 생겼으니 이 어찌 기쁘지 않을 수 있겠는가.

"호호, 앞으로 마법이 필요하면 뭐든 부탁해. 친구 좋다는 게 뭐니."

"암, 물론이다, 무혼. 다른 녀석이었다면 어림도 없는 일이지."

다시 오크의 모습으로 변신한 후 의기양양하게 웃으며 말하는 그들을 향해 무혼은 진지한 표정으로 말했다.

"그렇지 않아도 마법을 공부할 생각이었는데, 너희들에게 물어봐도 되겠느냐? 나 또한 너희들이 검법을 배우고 싶다면 얼마든지 알려줄 수 있다."

"후후, 검법은 별 관심 없으니 됐어. 하지만 마법은 가르쳐줄게."

"음하하! 무혼, 마법이 궁금하면 뭐든 물어 봐라. 그러나 검법은 안 가르쳐 줘도 된다. 내 취향이 아니거든."

둘 다 검법에는 관심이 없지만 친구인 무혼에게 마법을 가르쳐주는 데는 흔쾌히 응했다. 무혼의 두 눈이 빛났다.

"그럼 앞으로 귀찮도록 물어보마. 진작 마법이라는 걸 좀 제대로 배워보고 싶었는데 그 마법서라는 것을 구하기가 여간 어려워서 말이야."

"마법서? 호호호! 그딴 게 왜 필요해? 그냥 내 강의를 들으면 쉽게 이해가 될 거야. 물론 네가 날 스승으로 모실 생각이 있는지가 중요하겠지만."

"흐흐! 무혼, 교재 따위는 필요 없고 내 수업만 잘 들으면 기초부터 마스터급까지 통달하게 될 거다. 이 위대한 드래곤 포르티 교수의 강의를 듣기만 하면 말이야."

아그노스와 포르티는 거드름을 잔뜩 피우며 말했다. 그들은 무혼에게 뭔가 아는 척을 하고 가르쳐줄 수 있다는 것이 매우 기분 좋은 모양이었다.

무혼은 마법을 배울 수 있다면 그들이 거드름을 피우건, 건방진 태도를 보이건 전혀 상관없었다. 그저 고마울 뿐이었다.

사실 이미 심검의 경지에 이른 무혼이 마법을 마스터급

까지 배운다고 해서 전투에 그다지 도움이 될 일은 없었
다. 귀찮게 잡다한 마법 주문을 외우기보다 그냥 극강기
(極罡氣)를 날려 보내거나 폭발시켜 눈 깜짝할 사이에 적을
해치우는 것이 훨씬 수월한 일이기 때문이다.

그러나 전투 이외의 일상생활에서는 마법이라는 것이
매우 유용해 보였다. 또한 모든 것을 떠나서 새로운 것을
배운다는 것은 언제나 즐거운 일이었다.

무혼은 무공에서 심검의 경지에 이르렀듯, 마법과 주술
로도 그와 같은 경지에 올라볼 생각이었다.

물론 그것은 어쩌면 불가능하거나 아주 요원한 일일 수
도 있겠지만, 그래도 뭔가 새로운 목표가 생겼다는 것은
매우 기분 좋은 일이 아닐 수 없었다.

그런 무혼에게 마법 스승이, 그것도 하나가 아닌 둘이나
생겼으니 어찌 기쁘지 않겠는가.

"그럼 미룰 것 없이 지금부터 시작하는 게 어떠냐? 할
일 없이 잡담이나 하며 길을 가는 것보다 너희들의 마법
강의를 들으며 가는 게 좋겠군."

그러자 아그노스와 포르티는 의외의 반응을 본 듯 놀라
워했다. 설마 무혼이 이토록 빨리 배우자고 달려들 줄은
몰랐던 것이다.

그들은 뭐든 한번 꽂히면 끝을 봐야 하는 무혼의 성격을

잘 모르고 있었다. 그나마 지금은 그가 최대한 자제하는 중이었다. 본래라면 정령의 숲 사막에서 털퍼덕 주저앉아 시간을 잊고 수련에 몰두했듯, 지금도 아그노스 등을 끌고 어디 한적한 동굴에 들어앉아 마법을 배우려 했을지도 모른다.

그래도 아그노스와 포르티에게는 무혼의 열성적인 태도가 매우 흡족하게 여겨졌다. 그만큼 무혼이 자신들을 대단하게 여겨준다는 것이니까.

"호호! 무혼 넌 학생으로서의 기본이 되어 있구나. 좋아. 그토록 마법을 배우고 싶어 하니 특별히 나 아그노스 교수님이 강의를 베풀도록 하겠어. 들을 준비는 됐나, 무혼 군?"

"후후, 그럼 경청하지요. 아그노스 교수님."

아그노스는 흔쾌히 승낙했고 무혼은 눈을 반짝이며 그녀를 쳐다봤다. 곧바로 그녀의 열띤 강의가 시작되었고, 무혼은 그녀의 강의에 집중하며 걸었다.

대략 네 시간에 걸쳐 아그노스가 냉기 마법의 기초 강의를 하자 포르티가 기다렸다는 듯 화염 마법의 기초 강의를 시작했다.

"으하하하! 무혼 군! 이제 위대한 마법 학자인 나 포르티 교수가 화염학 강의를 시작하겠다. 영광으로 알아라."

"후후, 위대한 포르티 교수님의 강의를 듣게 되다니 실로 영광입니다."

무혼이 추어올리자 아그노스와 포르티는 신이 났다. 그들은 교대로 강의를 했고, 무혼은 쉬지 않고 그들의 강의를 경청했다.

이미 날은 저물다 못해 캄캄해져 있었지만 그러한 물리적 환경의 변화는 무혼에게 아무런 제약이 되지 못했다. 드래곤인 아그노스와 포르티도 마찬가지였다. 어둠은 그들의 시야를 가리지 못했고, 몇 시간씩 떠드는 것을 반복해도 피곤 따위와는 거리가 먼 이들이었으니까.

"하암!"

당연히 이 상황에서 미칠 지경인 것은 실피였다. 그녀는 하루째 변함없이 느릿느릿한 무혼의 발걸음 보조에 맞춰 길을 인도하고 있었는데, 그것은 엄청나게 따분한 일이 아닐 수 없었다.

'하아! 하루 사이에 고작 골짜기 하나 지났어. 이러다 하리쿰까지 한 달은 걸리는 거 아닌지 몰라.'

본래라면 산 몇 개쯤이야 순식간에 넘었을 것이다. 실피는 이전처럼 무혼이 자신을 품에 안고 날아가 주기를 은근히 기대했지만, 이제 그런 아름다운 장면은 아득한 추억 속에서나 찾아볼 수 있을 듯했다.

물론 최근 상급 정령이 된 그녀는 무혼이 답답하지 않을 만큼의 속도는 낼 수 있었다. 그래서 그녀는 그런 속도라도 무혼 앞에서 한껏 뽐내고 싶었지만 지금 상황에서는 그것도 불가능했다.

일부러 무혼은 아주 천천히 걷고 있었다. 한 식경이면 도착할 거리를 몇 달 걸려 간다 해도 상관없다는 식이었다. 지금 그에게 중요한 건 오직 마법을 배우는 것이었다.

실피는 이런 식으로 느리게 걸어갈 바에야 차라리 오크 도시 하리쿰에 들어가는 것 따위 뒤로 미루고 그냥 자리를 펴고 앉아 마법 공부나 하라고 외치고 싶은 심정이었다.

그러나 만일 그런 말을 했다가는 무혼이 그것참 좋은 생각이라며 실제로 그렇게 할 가능성이 높아 보였다. 초롱초롱 빛나는 그의 두 눈은 마법 이외에는 아무런 관심이 없어 보였기 때문이다.

실피는 그나마 자신이라도 움직여야 무혼이 따라올 것이고, 그렇게 설령 한 달의 시간이 걸릴지라도 하리쿰에 도착하면 이 따분한 상황에 뭔가 변화가 생길 것이라 기대했다.

그래서 그녀는 걷는 것을 멈추지 않는 것이었다. 그런데 만일 하리쿰에서도 계속 이 상황이 반복된다면 실피는 돌아버릴 것이다.

'아으! 대체 공부 따위는 왜 하는 거야? 공부라는 건 어떤 놈이 만들었지? 아주 죽여 버릴 거야.'

프로즌 소드가 어쩌고, 파이어 스트라이크가 어쩌고 미친 듯 떠드는 드래곤들이나, 그것에 귀를 쫑긋하고 듣고 있는 무혼이나, 실피로서는 이해할 수 없는 이들이었다.

'냐아암…….'

한편 무혼의 일행 중에는 실피 못지않게 불쌍한 존재가 하나 있었다. 다름 아닌 일행의 맨 뒤에서 꼬리를 힘없이 내리고 느릿하게 걷고 있는 고양이였다. 붉은 줄무늬 털을 가진 자그만 고양이 포티아의 입에서는 실피처럼 연신 하품이 흘러나왔다.

'냐아! 냐아암! 니아아……. 정말 죽겠다옹.'

포티아는 그동안 심심하다고 몇 번 툴툴거렸다가 무혼에게 퉁만 먹었다. 그 이후 그는 고개를 숙인 채 속으로만 조용히 불만을 토할 뿐이었다.

'으함! 정말 미치겠구나. 길 가는데 웬 마법 공부냐? 대체 하찮은 드래곤들의 잡술 따위를 왜 배우는 거냐? 또 왜 이렇게 느리게 걷는 거냐? 엉?'

포티아는 간혹 불만이 가득한 눈빛으로 무혼을 쏘아봤다. 쓸데없는 마법 공부 따위는 때려치우라고 외치고 싶었지만 참았다. 그런 소리를 했다간 무식한 주인의 무자비한 구타가 임할 것임을 알고 있기 때문이었다.

'할 수 없지. 그냥 잠이나 자는 게 좋겠다옹.'

포티아는 은근슬쩍 실피의 어깨 위로 올라갔다. 그 순간 그의 크기는 실피의 어깨에 눕기 좋을 만큼 작아져 있었다. 그러다 보니 그는 아주 작은 새끼 고양이처럼 보였다.

주인이나 드래곤들의 어깨 위도 편해 보였지만, 까칠한 주인의 성격상 그런 짓을 벌였다간 한 대 얻어맞을 가능성이 높았다. 수업에 방해된다고 말이다.

그래서 가장 만만해 보이는 실피의 어깨 위로 올라간 것이었다. 실피는 졸린 눈꺼풀에 힘을 주며 한 걸음 한 걸음 천천히 걷고 있었는데, 갑자기 자그만 고양이 한 마리가 어깨 위로 올라오자 움찔 놀랐다.

'뭐야, 이 녀석은?'

실피는 아직 포티아의 정체를 모른다. 그저 무혼이 어디선가 고양이 하나를 주워온 것이라 생각하고 있을 뿐이었다.

'너 당장 내려가지 못해? 어딜 올라오는 거야?'

실피는 눈알을 부라리며 포티아를 노려봤다. 외모가 다소 귀엽긴 했지만 그렇다고 녀석이 허락 없이 어깨 위로 올라온 무례한 짓을 용납할 정도는 아니었다.

그래서 짐짓 겁을 주어 포티아를 내려놓으려 했는데, 그 순간 포티아의 두 눈이 섬뜩하게 빛났다.

'니야옹!'

그 눈빛을 마주한 실피는 간이 오그라들 것 같았다. 자그만 두 홍채로부터 느껴지는 중압감은 마치 우주 공간 속에서 거대한 두 개의 태양이 이글거리는 듯 가공했다. 무슨 고양이의 눈빛이 이토록 소름 끼친다는 말인가.

결국 실피는 포티아와의 눈싸움에서 지고 말았다. 그녀는 포티아의 눈빛을 마주 보지 못하고 눈을 자연스레 아래로 내리깔았다.

'난 몰라. 무……, 무슨 고양이가 이래?'

울상이 되어 얼어붙은 듯 놀란 실피의 오른쪽 뺨을 포티아가 보드라운 머리로 슥 비볐다. 그리고는 실피의 어깨 위에 최대한 편한 자세로 앉았다.

'……!'

실피는 고개를 힐끗 고개를 돌려 포티아를 쳐다봤다. 조금 전의 눈빛을 떠올리면 무섭긴 했지만 어깨 위에 웅크려 있는 모습은 왠지 귀여웠다. 그녀는 자신도 모르게 왼손을 들어 포티아의 머리를 슥 쓰다듬어 주었다.

그러자 포티아는 아주 기분이 좋다는 듯 눈을 지그시 감았다. 실피가 머리뿐 아니라 목덜미와 턱을 살살 간질이자 그르릉 소리를 내며 좋아했다. 그러다 일순간 스르르 잠이

든 듯 조용해졌다.

'의외로 순한 고양이네.'

귀엽게 눈을 감고 있는 포티아를 보며 실피의 표정은 이내 환해졌다.

'호호! 이 고양이가 나를 좋아하는 게 분명해.'

그녀는 포티아가 제법 사나운 구석이 있지만 자신을 좋아해 어깨 위로 올라온 것이라 생각했다.

그러나 실은 포티아가 그녀를 가장 만만히 여겨 올라온 것임을 어찌 상상이나 하겠는가. 앞으로 실피의 어깨는 포티아의 편안한 침대 중 한 곳이 되어야 할 운명이었다.

'냐앙! 이제야 편히 좀 잘 수 있겠구나.'

포티아는 실피가 기꺼이 어깨를 제공하는 듯하자 무척 흡족했다. 앞으로도 순순히 어깨를 제공하면 화가 없겠지만 거부하면 응징이 있을 뿐이다.

그렇게 며칠이 지났을까? 드디어 멀리 오크 도시 하리쿰의 북쪽 성 모습이 나타났다.

"와아! 마스터! 저기 하리쿰의 북쪽 성이 보여요."

그것을 보고 환호하는 이는 실피만이 아니었다.

"니, 니아옹?"

실피의 어깨 위에 늘어져 자던 포티아가 고개를 번쩍 들었다. 그뿐만 아니라 아그노스와 포르티도 쾌재를 불렀다.

'도착했구나!'

'해방이다!'

그들은 며칠 전까지만 해도 무혼이 열성적인 학생의 모습을 보이는 것에 무척 기뻐했지만, 그것도 하루 이틀이 지나자 슬슬 질리기 시작했다.

대략 네 시간 간격으로 떠들어 대는 것이 그들의 체력으로는 별다른 무리가 없다 해도, 며칠 동안 계속되자 그것도 무료해질 판이었다. 특히나 무혼이 워낙 집중을 해서 날카로운 질문을 속속 해 대다 보니 그들 역시 딴 생각을 할 여유가 없이 긴장해야 했다.

가장 두려운 일은 무혼이 그야말로 지칠 줄 모르는 체력을 가지고 있다는 사실이었다. 휴식 자체가 필요 없는 인간인 것이다.

어쩌면 앞으로 몇 년이고 이런 식으로 붙잡혀 강의를 해야 할지도 모른다는 불길한 예감에 아그노스와 포르티는 슬슬 걸음을 빨리 걷기 시작했고, 그렇게 해서 그나마 며칠 만에 하리쿰 인근에 도착할 수 있었다.

"하하하! 무혼, 이제 내가 할 설명은 다 했다. 나머진 이 책들을 빌려줄 테니 혼자 실컷 연구해 봐라."

포르티는 아공간에서 수천 권의 마법서들을 꺼내 무혼

앞에 산처럼 쌓아놓았다. 무혼이 펄쩍 뛰었다.

"뭐야? 네가 분명 마법의 기초부터 마스터까지 통달하게 해 준다고 하지 않았느냐?"

포르티가 질린다는 표정으로 대답했다.

"그래서 내가 이 많은 책들을 특별히 빌려주는 것 아니냐? 이거 아무한테나 빌려주는 거 아니야. 너니까 빌려주는 거지. 암튼 여기엔 각종 희귀한 마법서들도 잔뜩 있으니 이것들을 모두 이해하면 너 역시 나비나 와이번으로 충분히 폴리모프 할 수 있을 거다. 참, 혹시 책을 읽다가 모르는 게 있으면 나 말고 꼭 저기 아그노스 교수에게 물어봐라. 알았지?"

그에게 뒤질세라 아그노스도 그와 비슷한 분량의 마법서를 꺼내놓았다.

"호호호! 내 책들도 빌려줄게. 넌 대충 기초는 충분히 된 것 같으니 이제부터는 독학으로 해도 충분할 거야."

"뭐야? 아그노스 너마저?"

"마법은 원래 혼자 하는 거야. 다들 그렇게 마스터가 된 거라고. 그럴 리는 없겠지만 혹시라도 이해가 안 되는 부분이 나오면 저기 위대한 마법 학자인 포르티 교수에게 물어봐. 아주 친절하게 알려줄 거야."

그들은 서로 자신에게는 묻지 말라고 당부하는 것이었

다. 무혼은 쓴웃음을 지으며 마법서들을 아공간에 챙겨 넣었다.

"고맙다. 가급적 이 책들을 빨리 읽고 돌려주마."

"호호! 아니야, 아주 천천히 돌려줘도 돼."

"암! 급할 건 없다고. 친구끼린데 대충 몇백 년쯤 후에 돌려준다 한들 누가 뭐라고 하겠냐?"

아그노스 등은 무혼이 마법 공부에 미친 듯 빠질까 봐 두려운 표정이었다. 그들로서는 무혼이 최대한 느긋하게 시간을 잡고 간간이 취미로나 마법서들을 읽었으면 했다. 물론 그것은 무혼이 마법에 빠지면 자신들이 매우 심심해질 것 같다는 단순한 이유 때문이긴 하지만.

포르티가 하리쿰 쪽을 가리키며 말했다.

"그보다 이제 저 도시에 들어가서 오크 황제 놈이 네 경고를 받아들였는지 확인해 보는 게 어떠냐? 여전히 엘프 노예들이 남아 있는지 말이야."

아그노스도 동조했다.

"맞아. 마법 공부는 나중에 얼마든지 할 수 있잖아. 지금은 차원의 보주를 만드는 게 더 중요해."

"나 역시 그럴 생각이었다."

무혼은 고개를 끄덕였다. 그래도 며칠 동안 마법에 미쳐 있다 보니 그동안 마법에 대한 기본적인 의문들은 상당 부분 해소되었다.

따라서 무혼은 간혹 틈나는 대로 아공간에 있는 상급 마법서들을 하나씩 연구해 보기로 하고, 다시 차원의 보주를 위한 재료를 찾는 데 집중하기로 했다.

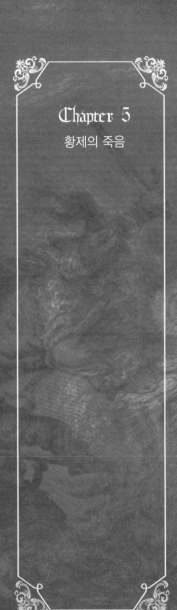

Chapter 5

황제의 죽음

오크 도시 하리쿰.

이곳은 오크 10만 이상이 모여 있는 오크 제국 중남부 최대의 요새 도시였다. 하리쿰의 서쪽과 동쪽 외부는 가파른 절벽 지대로 이루어져 있어 북쪽과 남쪽으로만 접근이 가능했는데, 각각 거대한 성들인 북성과 남성이 세워져 있어 그 성들을 통과하지 않으면 도시로 진입할 수 없었다.

또한 도시의 중앙에는 북성과 남성을 합한 것보다 큰 성이 세워져 있었다. 그곳이 바로 아뻬드 그리바의 거처가 있는 곳이었다.

세 개의 큰 성, 세 개의 군단, 정예병 일만에, 유사시 동

원이 가능한 민병의 숫자만 2만이 넘는, 그야말로 철옹성
과 같은 위용을 자랑하고 있는 곳이 바로 도시 하리쿰인
것이다.

하리쿰의 아빠드 그리바는 제국의 개국공신 중 하나로,
그의 무력은 군단장 무투회에서 우승을 한 적도 있을 만큼
강력했다. 게다가 그의 휘하에는 용맹한 오크 전사들이 수
두룩했다.

그런 그는 차기 황제를 노리며 암중으로 세력 다툼을 벌
이고 있는 황자들에게 매우 탐스러운 영입 대상이 아닐 수
없었다.

그러나 오직 크돌로르 황제에게만 충성을 바친다는 그
의 강직한 성격 때문에 황자들은 번번이 물만 먹어야 했
다.

심지어 대놓고 황자들에게 호통을 치기도 할 만큼 불같
은 성격인지라 일부 황자들은 그와 척을 진 상태이기도 했
다. 오죽하면 후일 황제가 되면 보복을 하겠다고 대놓고
얘기한 황자가 있을 정도였다.

그러나 그리바는 코웃음을 칠 뿐 눈 하나 깜빡하지 않았
다. 후에 보복이나 하겠다고 협박하는 황자들 따위가 황제
가 될 가능성은 요원해 보였기 때문이었다.

정말로 그런 썩어빠진 정신을 가진 황자가 황제가 될 정

도로 상황이 엉망이라면, 그는 절대 황가에 충성을 바칠 생각이 없었다.

그런데 지금이 바로 그런 상황이었다. 아니, 그보다 더욱 충격적인 소식이 그에게 전달되었다.

"췍! 뭐, 뭐라? 폐, 폐하께서 붕어하셨다는 말이냐?"

"취익! 그렇습니다."

오크 황궁에 심어둔 그의 부하가 가져온 급보였다. 오크 제국의 영웅이었던 크돌로르 황제가 얼마 전 병환으로 숨졌다는 것이었다. 연로했던 황제였던지라 노환이 들어 있음은 알고 있었지만 그렇다고 이렇게 그가 갑작스럽게 갈 줄이야.

"크흐흑! 폐, 폐하! 어찌 소신을 두고 먼저 가셨단 말입니까?"

크돌로르 황제는 그리바의 우상과 같은 존재였다. 무지렁이 같은 오크들을 동대륙 최강의 패자(覇者)로 만든 크돌로르가 있었기에, 오크들이 지금처럼 아름다운 엘프들을 첩으로, 오우거와 미노타우루스 등을 노예로 부리며 풍요롭게 살 수 있게 된 것이었다.

그런 만큼 그리바는 크돌로르를 진심으로 존경했다. 그를 위해서는 목숨이라도 바칠 정도로 말이다.

그러나 황자들은 하나같이 정신 상태가 썩어 있었다. 모두 차기 황제가 되겠다는 야욕에 불타고 있거나, 황자의 지위를 남용하여 호의호식과 호색을 누리는 데에만 관심을 가질 뿐이었다.

그나마 낫다고 말하는 일황자와 삼황자 역시 그리바가 보기에는 크게 다를 바가 없었다. 그래서 황자들 중 누구에게도 충성을 바치지 않았던 것이다.

아니나 다를까, 황제의 죽음과 동시에 황궁에는 곧바로 피바람이 예고되었다. 황태자가 결정되지 않은 상황이다 보니 황자들과 그들을 지지하는 세력들 간에 힘겨루기가 시작된 것이다.

그러나 설령 황태자가 결정된 상황이라 해도 이러한 사태는 발생했을 것이다. 호전적인 기질을 타고난 오크들은 자신이 직접 인정하는 대상이 아니면 충성을 바치지 않기 때문이다.

언제가 될지 모르지만 크돌로르 황제가 죽고 나면 그때부터 제국은 분열될 것이라 모두들 예측했던 바였다. 물론 그것은 그리바 역시 마찬가지다.

황제의 죽음은 통탄할 일이지만, 지금은 슬퍼하고만 있을 때가 아니었다. 이제부터 철저히 힘의 논리로 지배되는 무서운 전쟁이 시작될 것이다.

심지어 황자들에게 충성을 바치기로 했던 오크 군단장

들이 배신을 하는 경우도 생겨날 것이고, 강력한 세력을 가진 각 지역의 아빼드들의 경우 자신이 제국의 차기 황제가 되겠다며 야심을 불태우는 이들이 속속 등장하는 형국이 도래할 것이니 말이다.

물론 그리바 역시 그중 하나였다. 황제의 죽음에 대한 슬픔은 진심이었지만, 그는 자신의 영웅 크돌로르의 죽음으로 인해 어쩔 수 없이 가슴 깊숙이 숨겨 두었던 야심을 비로소 꺼내놓을 수 있었다.

그리바가 가진 세력은 오크 제국에서 황자들을 제외하면 모든 아빼드들 중에서 다섯 손가락 안에 들었다. 그런 그가 어찌 야욕을 불태우지 않을 수 있겠는가.

"취익! 지금 즉시 천부장 이상의 지휘관들을 소집해라."

방금 전까지 황제의 죽음에 눈물을 흘리던 아빼드 그리바의 두 눈이 이글이글 타올랐다. 평화롭던 오크 제국에 전란의 폭풍이 몰아치고 있었다.

*   *   *

"칙! 멈춰라."

"취익! 당장 소지품을 꺼내 봐라."

하리쿰의 북성 성문 앞에는 험악한 인상의 오크 병사들

이 도시로 진입하려는 오크들을 엄중하게 검문하고 있었다.

그러한 검문은 무혼과 아그노스 등에게도 여지없이 이루어져야겠지만, 그들은 아무런 저지 없이 성문을 통과했다. 포르티가 펼친 얼티메이트 그룹 인비저빌리티라는 마법으로 인해 일행 모두가 완벽한 투명화 상태로 변했기 때문이었다.

무혼에게는 물론 인비저빌리티의 투명화 상태가 아니어도 성에 잠입하기란 식은 죽 먹기였다. 그러나 이런 식으로 몸 자체를 투명화 상태로 만들어 천연덕스럽게 경비병 앞을 걸어가는 방식도 왠지 흥미로웠다.

성문 위에는 투명화 상태를 간파할 능력이 있는 오크 주술사들도 있었지만 그들의 능력으로 드래곤 포르티가 펼친 얼티메이트 그룹 인비저빌리티를 간파하기란 불가능했다.

"흐흐, 무혼 어떠냐? 내가 펼친 이 궁극의 투명화 마법은 소리는 물론 냄새도 완벽하게 차단시켜 준단 말이야. 그러니까 마구 떠들어도 되고 뱃속이 거북하면 방귀를 뀐다 해도 상관없어."

포르티의 말에 무혼은 부러운 표정을 지었다.

"대단해. 역시 마법은 매우 유용하군."

"흐흐! 솔직히 말해 어디 가서 매일 싸움질만 할 것이
아니라면 마법이 검법보다 훨씬 유용한 것이 사실이다. 다
용도로 써먹을 일이 많거든."

"그건 확실히 맞다."

무혼은 고개를 끄덕이며 동의하고는 눈을 초롱초롱 빛
내며 말을 이었다.

"기왕 말 나온 김에 인비저빌리티의 투명화 마법에 대
해 기초부터 강의를 좀 해 보는 게 어떠냐?"

순간 포르티는 움찔했다. 아그노스가 험악한 눈빛으로
포르티를 노려봤다.

'포르티! 무혼 앞에서 마법 자랑을 하다니 제정신이
야?'

이러다 무혼이 또다시 한동안 마법에 미치게 되면 어찌
하겠는가. 실로 끔찍한 일이 아닐 수 없었다.

'아앗! 포르티 님이 또 무슨 짓을 하신 거야?'

'니아옹! 저 망할 드래곤 녀석이!'

아그노스뿐만 아니라 실피와 그녀의 어깨 위에 앉아 있
는 고양이 포티아도 그를 째려봤다.

'헉! 내가 무슨 짓을!'

포르티도 뒤늦게 그것을 깨달았는지 어색한 표정을 지
으며 말했다.

"하하, 무혼. 그걸 다 설명하려면 한 달 동안 종일 떠들어도 부족하다. 지금은 바쁘니 나중에 시간이 남아돌면 그때 하는 게 어떠냐?"

그러자 무혼은 씩 웃으며 대답했다.

"괜찮아. 나야 한 달 정도는 얼마든지 낼 수 있다. 뭐 두 달이면 어떠냐? 인비저빌리티를 제대로 배울 수 있다면야 그깟 한두 달은 아무것도 아니다."

순간 아그노스가 의미심장한 미소를 지으며 말했다.

"호호, 무혼. 뭐 하러 그런 걸 고생해서 배우니? 앞으로 네가 그냥 인비저빌리티! 라고 외치기만 하면 포르티가 알아서 널 투명화 상태로 만들어 줄 텐데 말이야."

그 말에 무혼이 포르티를 쳐다봤다.

"정말이냐?"

"무, 물론이다. 하하! 그 정도야 내겐 아주 쉬운 일이다."

"그렇다면 굳이 따로 공부를 할 필요 없겠군. 적어도 인비저빌리티에 관해서는 말이야."

그러자 이번에는 포르티가 아그노스를 힐끗 노려보더니 무혼을 향해 의미심장한 미소를 지으며 말했다.

"흐흐! 마법 뭐 어려운 거 없다. 네가 그냥 프로즌 애로우! 라고 외치면 아그노스가 알아서 냉기의 화살을 만들어

줄 거야. 그것뿐이냐? 프로즌 실드! 라고 하면 네 주위에
냉기의 막이 생겨나기도 할걸?"

순간 아그노스가 발끈하더니 무혼을 향해 외쳤다.

"오호호호! 무혼, 혹시 앞으로 뭔가를 태워버리고 싶은
충동이 들면 스카칭 파이어! 라고 외치며 손가락으로 대상
을 가리키기만 하면 돼. 그럼 시뻘건 화염 원반이 날아가
네가 지정하는 대상을 태워버릴 거야."

"크하하하! 무혼, 만일 바닥을 모조리 얼려서 썰매를 타
고 싶다면 언제든 그레이트 프로즌 필드! 라고 외치면 된
다. 네 주위 반경이 온통 얼음으로 변해 버릴 거다."

계속해서 파이어 익스플로전, 그레이트 힐링, 디스펠 매
직 등등 대략 3백여 가지의 마법 이름들이 줄줄이 흘러나
왔다. 그러고도 그들은 계속할 태세였다.

무혼이 손을 흔들며 말했다.

"됐다. 그 정도면 됐어. 3백 개 정도로 하자. 그 이상은
나도 기억하기 귀찮거든. 아무튼 너희들 덕분에 나도 어디
가서 마법사 노릇을 제대로 할 수 있겠군."

그 순간 포르티와 아그노스의 이마에 주름이 졌다. 그들
은 무혼이 자신들이 방금 외친 마법 이름들을 한 번 듣고
모두 기억했을 줄은 몰랐기 때문이다.

'우리가 지금 무슨 짓을 한 거냐, 아그노스?'

'몰라. 다 너 때문이야.'

'왜 나 때문이냐? 네가 먼저 시작했지 않으냐?'

'그야 네가 하도 기막힌 짓을 했으니 그렇지. 대체 무혼에게 마법 자랑질을 하다니 제정신이야? 그러다 무혼이 또 마법 공부하겠다고 자리 잡으면 어쩌려고?'

그러자 포르티는 할 말이 없었다. 애초 원인을 자신이 제공한 것은 틀림없는 사실이었으니까.

하지만 아무리 그렇다 해도 자신들이 무혼의 마법 도구 신세가 된 데는 아그노스의 공이 지대하지 않은가.

한두 가지라면 모를까 무려 3백 가지라니. 앞으로 무혼이 닥치는 대로 마법 이름을 외치면 포르티 등은 뒤에서 그대로 마법을 펼쳐주느라 허리가 휠 것이다.

무혼으로서는 마나 한 줌 소모 안 하고 무려 3백 가지나 되는 마법을 펼칠 수 있게 되었으니 이 얼마나 좋은 일인가.

포르티 등에게 그나마 다행이라면 조금 전 마법 이름을 마구 나열하는 중에도 얼티메이트가 들어가는 마법 이름은 외치지 않았다는 것이었다.

나열된 3백 가지 것들 중 대부분은 웬만큼 펼쳐도 크게 부담되지 않는 마법들이지만, 얼티메이트가 들어간 궁극 마법들의 경우에는 적지 않은 마나가 소모되는 터라 드래곤들도 함부로 펼치기 부담스러웠다.

"흠, 날이 좀 덥군. 시원한 바람이라도 불었으면 좋겠다. 아이스 윈드!"

그때 무혼이 뒷짐을 지면서 유유히 걸어가며 나직이 외쳤다. 포르티가 뭐하느냐는 듯 아그노스를 노려봤다. 아그노스는 재빨리 주문을 외웠다.

휘이이이-

차가운 바람이 갑자기 몰아쳐 무혼을 스치고 지나갔다. 그러자 무혼이 짐짓 몸을 움츠리며 말했다.

"조금 전에는 덥더니 이젠 너무 추운걸. 따스한 바람이라도 불었으면 좋겠구나. 웜 윈드!"

순간 아그노스가 포르티에게 눈치를 주었다. 포르티가 잽싸게 주문을 외웠다. 무혼의 주위로 따스한 바람이 몰아쳤다.

"후후, 이거 아주 편한걸."

무혼은 싱글거리며 걸었다. 놀라운 것은 근처에서 그렇게 찬바람과 더운 바람이 몰아치며 난리가 나도 북쪽 성을 순찰하고 있는 오크 병사들은 전혀 알지 못한다는 사실이었다. 어쨌든 그사이 무혼 일행은 하리쿰의 북쪽 성을 지나 중앙의 도시로 들어왔다.

엄중한 경계의 북쪽 성과는 달리 도시로 들어오자 오크

들이 비교적 자유롭게 거리를 누비는 모습들이 눈에 들어
왔다.

포르티는 자연스레 얼티메이트 그룹 인비저빌리티의 마
법을 풀었다. 물론 광역 일루전 마법을 통한 순간 착시 효
과를 사용해 마치 그곳에 원래부터 무혼 등이 걷고 있던
것처럼 보이게 하는 것을 잊지 않았다.

그러다 보니 오크들은 무혼 등이 투명화 상태에서 갑자
기 모습을 드러낸 것에는 전혀 놀라지 않았다. 그보다는
눈에 확 띄는 미청년 둘과 미소녀 오크가 걷는 모습에 뜨
거운 눈길을 줄 뿐이었다.

"췤! 정말 잘생기고 멋진 오크들이야."

"취익! 저렇게 예쁜 오크도 있다니."

"췍! 엉? 고양이다. 그놈 참 맛있겠는데……, 쿠억!"

오크들의 시선을 한눈에 받았지만 이미 그런 것에 익숙
해진 무혼이었다. 아그노스 등은 오히려 그런 찬사를 즐기
는 듯 입가에 미소를 머금고 간혹 손을 흔들어 주기도 했
다. 다만 실피는 투명화 상태로 모습을 감춰 오크들에게
보이지 않았다.

가디언 포티아도 실피처럼 모습을 감출 수 있지만 지금
은 일부러 모습을 드러냈다. 그는 꼬리를 하늘로 곧추세운
채 어슬렁어슬렁 무혼의 뒤를 따르고 있었다. 간혹 자신에

게 맛있겠다고 헛소리를 하는 오크들을 가볍게 응징해 주며 말이다.

포티아에게 맛이 어쩌고 했던 오크들은 자신들이 왜 쓰러지는지 몰랐다. 그야말로 눈 깜짝할 사이에 뭔가가 다가와 머리를 후려쳤다는 것 외에는 그들이 알 수 있는 것은 없었다. 한 대 맞고 바로 기절했으니 말이다.

포티아의 그 속도는 엄청나게 빨라 드래곤인 포르티와 아그노스도 전혀 눈치채지 못했다. 오직 무혼만이 그와 같은 상황을 알고 힐끗 포티아에게 한 번 눈치를 주었을 뿐이다.

"얌전히 따라오지 못하느냐?"

'니, 니아옹! 왜 나만 뭐라고 하냐옹.'

무혼에게 퉁을 먹자 포티아는 꼬리를 내리고 시무룩한 표정을 짓더니, 이내 다시 작게 변해 실피의 어깨 위로 올라가 버렸다. 낮잠이나 자려는 모양이었다.

그때 무혼은 거리에서 엘프 노예들의 모습을 몇 발견하고는 표정을 싸늘하게 굳혔다.

'크돌로르! 역시 나의 경고를 받아들이지 않았군.'

어차피 이미 짐작하고 있던 것을 눈으로 확인했을 뿐이라 그다지 화가 날 것은 없었다. 그래도 절망에 푹 빠진 채오크들의 눈치를 보고 있는 엘프들을 보자 왠지 화가 치밀어 올랐다.

예전에는 엘프들이 노예로 있다 해도 그것이 무혼에게는 특별히 화가 날 일은 아니었다. 오크가 엘프를 노예로 부리든, 반대로 엘프가 오크를 노예로 부리든 별다른 관심거리가 아니었기 때문이다.

그러나 엘리나이젤이 무혼의 권속이 된 이상 엘프들은 더 이상 남이 아니었다. 무혼이 지켜주어야 할 식구들이며 부하들인 것이다. 거족들도 마찬가지였다.

무혼은 계속해서 하리쿰의 거리를 걸었다.

무거운 돌들을 커다란 나무통에 잔뜩 담아 공사 현장으로 옮기고 있는 트롤, 고개를 푹 숙인 채 큼직한 바위를 짊어지고 있는 미노타우루스도 보였다.

모두들 지쳐 보였고 그들의 표정은 절망감과 비굴함으로 얼룩져 있었다. 노예로 살다 보면 자연스레 얻어지는 표정들일 것이다.

그러다 무혼은 시장거리에서 조롱거리가 되고 있는 새끼 오우거를 하나 발견했다. 그 오우거는 무엇 때문인지 머리 가죽이 일부 벗겨졌고, 목에는 굵은 쇠줄이 묶인 상태였다. 또한 양팔과 양 발목 역시 가히 오크의 팔뚝만 한 두꺼운 쇠줄로 칭칭 감겨 있었다.

그 오우거의 주인인 듯 보이는 털투성이 오크가 키득거

리며 외쳤다.

"취익! 자, 여기 건방진 오우거 녀석을 후려칠 만한 배짱 있는 오크 있수? 한 대 때리는 데 1노드랄, 열 대 때리는 데 5노드랄! 원 없이 때리고 싶을 만큼 때리는데 10노드랄이오."

그러자 삐쩍 마른 오크 하나가 손을 번쩍 들며 외쳤다.

"취익! 열 대만 때리겠수다. 요즘 장사도 안 되는데 이 오우거 놈에게 화풀이를 해야겠어. 여기 5노드랄 있소."

5노드랄을 건네받자 털투성이 오크는 키득거리더니 뾰족한 못이 듬성듬성 박혀 있는 큼직한 쇠몽둥이를 삐쩍 마른 오크에게 내밀었다.

"개시 손님이니 특별히 한 대 더 때리게 해 주겠수."

"고맙소. 크크큭!"

삐쩍 마른 오크의 두 눈에서 광기가 번뜩였다. 그는 몽둥이로 오우거의 머리를 사정없이 내리쳤다.

퍽!

"크아아!"

아무리 새끼 오우거라 해도 오우거의 가죽은 질겨서 여간해서는 흠집이 나지 않는다. 그러나 오우거의 머리 가죽은 이미 처참히 뭉개진 상태였고, 거기에 뾰족한 못이 박힌 쇠몽둥이에 맞자 머리가 터져 피가 나지 않을 수 없었다.

퍽! 퍼퍽!

쇠몽둥이는 오우거의 머리뿐 아니라 몸통에도 사정없이 작렬했다. 오우거의 몸은 금세 피투성이로 변했다. 그사이 삐쩍 마른 오크에 이어 덩치 큰 오크가 5노드랄을 내고 쇠몽둥이를 잡았다. 오크는 키득거리며 쇠몽둥이를 마구 휘둘렀다.

"죽어랏! 죽엇! 보기 싫은 오우거 녀석아!"

퍼퍼퍽!

"끼아악! 끄아앙!"

새끼 오우거는 고통에 울부짖었다. 어깨가 찢어지고 살점이 떨어져 나갔다. 피투성이가 된 머리는 퉁퉁 부어올랐고, 전신은 마치 푸줏간의 고깃덩이처럼 보였다.

"자, 또 없소? 이 건방진 오우거 놈을 후려칠 용기 있는 오크 모시오!"

그러자 그동안 말없이 지켜보던 무혼이 슥 나섰다. 털투성이 오크가 무혼을 보고 놀란 표정을 지었다. 그는 무혼의 목에 걸린 붉은색 신분패를 보며 무혼이 천부장 이상의 귀족임을 짐작했기 때문이다.

"귀, 귀하신 분께서 이 더러운 오우거 놈을 손보시겠다면 노드랄을 받지 않겠습니다."

"궁금한 게 있다. 이 새끼 오우거가 무슨 잘못을 했나? 이렇게 후려 패면 죽을 것 같은데 말이야."

무혼이 묻자 털투성이 오크가 키득거리며 대답했다.

"크크! 이놈은 오늘 식육용으로 분류되었습죠. 이렇게 작신작신 때려죽이면 살코기의 맛이 좋아 다들 이렇게 하고 있습니다요."

"식육용?"

"본래 오우거들은 덩치가 커지면 다루기가 쉽지 않아 웬만하면 새끼 때 많이 잡아먹는 편이지요. 특히 이놈처럼 붉은 머리털을 가진 오우거는 커지면 아주 흉포해질 수 있습니다요."

"지금 붉은 털의 오우거라 했나?"

"그, 그렇습니다요."

무혼은 놀랐다. 머리 가죽이 벗겨져 미처 알아보지 못했는데 설마 이 새끼 오우거가 붉은 머리털을 가지고 있을 줄이야.

한때 트레네 숲의 로드였던 켈베로스가 바로 붉은 머리털의 오우거가 아니었던가. 그만큼 붉은 머리털을 가진 오우거는 매우 희귀한 존재였고, 보통의 오우거에 비할 수 없는 괴력을 가지고 있었다.

어쩌면 장차 동대륙의 거친 광야와 숲을 누비는 오우거

의 제왕이 될 수도 있는 붉은 머리털의 새끼 오우거가 오크들의 식육용으로 전락하다니.

무혼은 털투성이 오크를 노려보며 1천 노드랄을 건넸다.

"이 오우거를 내가 사고 싶군. 이 정도면 되겠나?"

"헉! 무, 물론입죠. 충분합니다요."

오크의 입이 찢어져라 벌어졌다. 그는 혹시라도 무혼의 마음이 변할세라 꾸벅 몇 번을 절하고는 부리나케 사라져 버렸다.

무혼은 피투성이 고깃덩이처럼 곤죽이 되어 있는 새끼 오우거를 향해 물었다.

"이름이 뭐냐?"

"끄, 끄워……?"

새끼 오우거는 퉁퉁 부은 눈을 힘겹게 뜨고는 무혼을 쳐다봤다. 그로서는 무혼이 왜 자신의 이름을 묻는지 이해할 수가 없었다. 지금껏 오크들이 이름을 물어본 적이 없었기 때문이다.

그리고 사실 새끼 오우거에게는 이름이 없었다. 지금껏 사육되다시피 갇혀 있다가 오늘 끌려 나와 영문도 모른 채 머리 가죽이 벗겨지고 쇠몽둥이로 무참히 맞았을 뿐이었다.

무혼은 오우거가 대답을 하지 못하자 빙그레 미소를 지으며 말했다.

"이름이 없다면 내 방식으로 지어주마. 이제부터 너의 이름은 적풍(赤風)이다. 붉은 바람이라는 뜻이지."

"꾸, 꾸어! 저……, 적풍……?"

오우거는 고개를 갸웃했다. 무혼은 담담히 웃으며 손을 휘저었다. 순간 오우거 적풍의 몸을 칭칭 휘감고 있던 굵은 쇠사슬들이 먼지가 되어 흩어져 버렸다.

"꾸어?"

그러나 적풍은 눈을 끔벅끔벅 뜨기만 할 뿐 움직일 생각을 못 했다. 부상이 너무 심해 움직일 수 없기도 했지만, 항상 쇠사슬에 묶여 있었던지라 지금처럼 쇠사슬이 사라진 상황을 이해할 수 없었던 것이었다.

'부상이 꽤 심하군. 일단 치료부터 해야겠어.'

무혼은 포르티 등이 나열한 3백 가지 마법 중에 상처를 치료하는 마법을 떠올리고는 나직이 외쳤다.

"그레이트 힐링!"

그러자 뒤에서 지켜보고 있던 포르티가 잽싸게 주문을 외웠다. 오우거의 상태가 꽤 심각했기에 그는 알아서 그레이트 힐링보다 한 차원 높은 리스토레이션이라는 마법을 펼쳐 주었다.

화아아악!

아침 햇살처럼 환한 빛이 적풍의 몸을 둘러싸더니 적풍의 몸은 순식간에 말끔한 모습으로 회복되어 버렸다. 머리에 입은 극심한 상처도 사라졌다. 다만 이미 뽑힌 붉은 머리털은 복원되지 않았다.

그런데 적풍은 여전히 움직일 생각을 하지 못했다. 주인의 허락 없이 움직였다가 죽도록 맞았던 기억 때문이었다. 그는 그저 무혼의 눈치를 볼 뿐 그 자리에서 꿈쩍도 하지 않았다.

"따라와라."

무혼은 뒤를 돌아 걸었다. 적풍은 그제야 조심스레 무혼의 뒤를 따라왔다.

"칙! 오우거를 풀어 줬다."

"취익! 저, 저런 미친! 붉은 머리털 오우거를 풀어 주다니."

근처에서 이 모습을 지켜보던 오크들이 기겁하며 달아났다. 그들 역시 붉은 머리털 오우거가 얼마나 흉포한지 잘 알고 있었기 때문이다.

보통의 새끼 오우거라 해도 작정하고 힘을 쓰면 오크 십부장 정도가 아니고서는 쉽사리 제압하기 힘든데, 하물며 붉은 머리털을 가진 새끼 오우거라면 오크 백부장 정도는 나서야 제압할 수 있을 것이었다.

그런 만큼 평범한 오크 상인들이나 오크 주민들이 적풍을 두려워할 것은 당연한 일이었다.

"칙! 위험하니 저 오우거를 당장 묶으시오."

지나던 오크 군졸들이 깜짝 놀란 표정으로 다가와 말했다. 그러나 그들은 무혼의 섬뜩하게 번쩍이는 눈을 보고는 기겁하여 달아나 버렸다.

무혼은 적풍을 데리고 계속 걸었다. 그러다 공사장에서 거대한 바위를 끙끙대며 옮기고 있는 미노타우루스를 발견했다. 그 미노타우루스의 뿔은 두 개 모두 부러져 있었는데, 투박하게 부러져 약간 튀어나온 뿔의 한쪽에서 황금빛이 살짝 반짝였다.

'저 빛은?'

무혼의 두 눈에 이채가 일었다. 로드릭과 같은 황금빛 뿔의 미노타우루스를 발견한 것이다. 무혼은 즉시 1천 노드랄을 주고 미노타우루스를 샀다.

"네 이름은 뭐냐?"

"크워어! 오……, 오스느크입니다."

적풍과는 달리 미노타우루스에게는 오스느크라는 이름이 있었다. 그 이유는 오스느크가 식육용이 아닌 노예로 분류되어 있었기 때문이었다.

또한 미노타우루스의 뿔을 자르면 흉포성이 사라진다고 믿는 오크들의 미신도 한몫했다. 과연 뿔이 사라지면 미노타우루스의 용맹함이 사라지고 노예처럼 길들여지는 것인가? 그것은 두고 보면 알 일이었다.

"좋아. 오스느크! 너도 날 따라와라."

무혼이 손을 슥 휘젓자 오스느크의 몸을 묶고 있던 쇠사슬들이 먼지가 되어 사라져 버렸다. 오스느크는 잔뜩 주눅든 눈빛으로 무혼의 뒤를 따랐다.

주변의 오크들은 그런 무혼을 불안한 표정으로 힐끔거렸다. 붉은 머리털 오우거에 이어 미노타우루스까지 풀어주다니! 혹시라도 봉변을 당할까 기겁하며 달아나는 오크들이 부지기수였다.

무혼은 이번에는 도시의 뒷골목으로 들어갔다. 한참을 걷자 어둡고 냄새나는 골목 곳곳에 웅크리고 있는 거지 오크들이 적지 않게 보였다. 심지어 죽어 썩고 있는 오크의 사체도 있었다.

인간들의 도시 못지않게 오크들의 화려한 도시 이면에도 가난하고 버려진 오크들이 많았다. 그러나 무혼은 그런 오크들을 무심하게 바라볼 뿐이었다. 지금 그의 관심은 오크들이 아니었다.

그의 두 눈이 어둠 속에서 시커먼 거적때기 같은 것들을

뒤집어쓴 채 죽음을 기다리고 있는 그림자들을 날카롭게
훑었다.

그러다 그가 발견한 것은 뒷골목의 가장 깊숙한 곳에서
눈에 거슬리게 꿈틀거리는 일단의 그림자들이었다.

Chapter 6
숨겨진 투혼을 깨우다

"척! 취익! 킥킥킥!"

"취익! 큭큭큭큭!"

"……."

그곳에는 오크들에게 강간을 당하는 엘프 소녀가 있었
다. 무혼이 손을 휘젓자 엘프 소녀를 강간하던 오크들은
그 자리에서 마치 증발하듯 사라져버렸다.

"꾸어억!"

"끄악!"

곧바로 어둠 어딘가에서 처참한 비명 소리와 함께 무더
기로 뭔가가 떨어져 터지는 소리가 들렸다. 그들은 무혼에

의해 상공으로 날려 올라갔다가 떨어지며 비참한 죽임을
당한 것이었다.

"……."

엘프 소녀는 자신을 쳐다보고 있는 무혼을 무심한 눈빛
으로 응시했다. 자신을 강간하던 오크들이 죽은 것을 알았
을 테지만 그녀의 표정에는 그 어떤 감정도 없었다. 수치
심도 분노도, 심지어 두려움도 보이지 않았다.

희망이 없다면 분노라도 갖고 있어야 하련만, 차라리 절
망 어린 눈빛이라도 보여주면 좋으련만, 소녀는 감정 자체
가 사라져 버린 듯했다.

그러고 보니 알몸인 소녀의 피부에는 온갖 악창과 궤양
들이 보였고, 심지어 시커멓게 썩어 들어가기 시작한 곳도
있었다.

사실 그녀는 죽을 만큼 심한 성병에 걸린 상태였다. 오
크들이 비싼 엘프 소녀 노예를 이곳에 버린 이유가 있었던
것이다. 각종 성병과 전염병, 구타로 인한 타박상까지. 그
야말로 눈 뜨고 볼 수 없을 만큼 처참한 지경이었다.

"그레이트 힐링!"

무혼이 외치자 이번에는 아그노스가 나섰다. 지금 엘프
소녀의 상세는 매우 심각했다. 그녀를 온전히 회복시키려
면 그레이트 힐링은 물론 그보다 상위의 마법인 리스토레

이선 정도로도 어림없었다.

물론 얼티메이트 리스토레이션을 펼치면 거의 회복되기야 하겠지만, 각종 질병을 완벽히 치료하고 썩어 문드러진 피부를 복원하려면 효능이 뛰어난 포션이 필수였다.

'치잇! 어쩔 수 없이 치유의 성수를 사용해야겠네. 아이구! 아까워라. 아까워…….'

아그노스는 입맛을 다시며 아공간에서 그녀의 보물 중 하나인 치유의 성수가 들어 있는 유리병을 꺼냈다. 그것은 누구라도 숨이 끊어지지만 않으면 반드시 살려낸다는 기적의 포션이었다.

툭.

그녀는 유리병을 기울여 치유의 성수 한 방울을 엘프 소녀의 몸에 떨어뜨렸다. 그와 동시에 그녀의 손에서 짙푸른 빛이 일어나 엘프 소녀의 몸을 휘감았다. 얼티메이트 리스토레이션이 발하는 치유의 빛이었다.

화아아악!

엘프 소녀는 신비한 빛에 의해 자신의 몸이 회복된 것에 놀랐다. 그야말로 눈 깜짝할 순간이었다. 전신 곳곳에 가득하던 악창과 궤양이 사라졌고, 시커멓게 썩어 들어가던 피부는 하얀 눈처럼 깨끗해졌다.

시들어버린 갈대처럼 늘어져 있던 그녀의 머리카락이

본래의 화려한 금빛을 회복했고, 회백색으로 죽어 있던 그
녀의 홍채는 청금석과 같은 푸른색으로 돌아왔다.

더 이상 온몸을 누르던 극심한 통증도, 미쳐버릴 것 같
았던 피부의 가려움증도, 머리가 쪼개질 듯 엄습하던 두통
도 없었다. 온몸이 깃털처럼 가벼워졌다. 마치 새로 태어
난 기분이었다.

이래도 되는 것인가. 그야말로 꿈속에서도 꿈꿔본 적이
없는 이상한 기적이 벌어지다니. 오크들의 성노였던 자신
이, 아니, 몸이 병들어 그조차도 못 되고 버려졌던 자신에
게 이런 신비한 기적이 벌어져도 되는 것인가.

"……."

엘프 소녀는 어쩔 줄 몰라 몸을 떨었다. 하얀 나신을 웅
크린 채 오들오들 떠는 그녀의 몸에 장미꽃처럼 붉은 드레
스가 입혀졌다.

"알몸으로 있는 모습이 보기 좋지 않구나. 이거라도 입
고 있도록 해라."

아그노스가 아공간에서 레드 크리스탈 로브라는 이름의
마법 드레스를 꺼내 엘프 소녀에게 입힌 것이었다. 드래곤
인 그녀의 아공간에 들어 있는 옷 중에 평범한 것이 있을
리 있겠는가.

그녀가 쓴맛을 다시며 그나마 가장 평범한 것을 골랐지

만, 레드 크리스탈 로브에는 어지간한 상급 마법은 물론 일부 최상급 마법 공격도 막아주는 강력한 대마법 주문이 깃들어져 있었다.

그뿐인가? 심지어 오러가 깃든 물리 공격까지 튕겨 내버리는 하이 인텐스 실드 주문도 깃들어 있어 웬만한 창칼은 물론 화살에 맞아도 꿈쩍없었다.

게다가 엘프 소녀의 발에는 루비처럼 반짝이는 붉은 부츠가 신겨져 있었다. 레드 크리스탈 부츠라는 것으로, 로브와 세트를 이루는 신발이었다. 바람 속성의 마법 주문이 깃들어 있어 그저 신고만 있어도 몸의 움직임이 대폭 빨라질 뿐 아니라 피로까지 회복되는 기능이 있었다.

"……."

엘프 소녀는 여전히 멍한 표정으로 서 있었다. 갑자기 벌어진 기적 같은 이 일이 정말로 현실인지 아닌지 아직도 가늠하지 못하는 것 같았다.

그러나 설령 이 상황이 현실이라 해도 그녀의 마음 깊은 곳에 뿌리박힌 절망감을 없앨 수는 없었다. 또한 노예로서의 비굴함도 마찬가지였다.

아그노스와 무혼의 눈치를 보며 주눅이 든 채 움츠려 있는 엘프 소녀에게 무혼이 부드럽게 말했다.

"따라오너라."

무혼은 앞의 두 녀석과는 달리 이 엘프 소녀에게는 이름을 묻지 않았다. 그냥 조용히 따라오라는 말만 했을 뿐이다.

그렇게 버려진 뒷골목을 벗어나기 직전 무혼은 포르티를 쳐다보며 물었다.

"폴리모프 오우거! 가능하겠냐, 포르티?"

"나보고 오우거로 변하라는 거냐?"

"그게 아니라 나를 오우거로 폴리모프 시킬 수 있냐는 거야."

그러자 포르티는 의외라는 듯 미간을 살짝 찌푸렸다. 그 자신이 오우거로 변하는 것쯤이야 아주 간단한 일이지만, 다른 대상을 오우거로 변신시키는 것은 생각보다 쉬운 일이 아니었다.

"뭐 가능은 하다. 제길! 아까운 마정석이 소모되는 게 문제일 뿐이지. 남을 폴리모프시키는 일은 꽤 까다롭단 말이야."

포르티는 아공간에서 번쩍이는 마정석 1개를 꺼내며 투덜거렸다. 정령석은 길거리에 굴러다니는 돌처럼 퍼주던 포르티가 마정석에는 매우 집착하는 모양이었다.

무혼은 아공간에서 마정석 50개를 꺼내 포르티에게 내밀었다.

"아끼지 말고 써라. 마정석이 필요하면 나중에 또 구해 주마."

무혼은 몇 종류의 술을 구해 땅의 정령 츠베르크와 거래를 하면 마정석이야 얼마든지 구할 수 있다. 50개의 마정석을 건네받은 포르티의 안색이 환해졌다.

"흐흐! 그렇다면야 무슨 부담이 있겠느냐? 앞으로 뭐든 변신하고 싶은 게 있으면 말해라."

"지금은 오우거면 된다."

"좋아. 어려울 것 없지. 일단 그 주술의 목걸이부터 벗어라."

무혼은 오크로 변하는 주술의 목걸이를 벗어 아공간에 입고시켰다. 곧바로 인간의 모습으로 돌아온 그를 향해 포르티가 주문을 외웠다.

"폴리모프!"

그와 함께 포르티는 마정석 하나를 무혼을 향해 집어 던졌다. 순간 마정석이 휘황찬란한 빛을 발하며 무혼의 몸을 감쌌다. 무혼은 자신의 키가 쑥 자라는 듯한 기분이 들었다. 동시에 전신의 근육도 말할 수 없이 부풀어 오르기 시작했다.

스스스.

변신은 순식간에 이루어졌다. 무혼은 일 장이 넘어가는

거대한 키에 쇠처럼 단단해 보이는 근육질의 몸집을 가진 흑발의 오우거가 되었다. 각진 얼굴에 뚜렷한 이목구비를 가진 무혼은 흉측한 몬스터라 볼 수 없을 만큼 멋들어진 외모였다.

"흐흐! 어떠냐? 나의 폴리모프 솜씨가."

포르티는 자신의 작품에 흡족한 듯 미소를 지었다. 아그노스가 탄성을 질렀다.

"어쩜! 오우거인데 너무 잘생겼어. 그런데 말이야. 다 좋은데 조금은 민망한걸?"

"민망?"

"저길 봐."

아그노스가 무혼의 하체 부분을 가리켰다. 순간 포르티가 큭큭 웃었다. 그러고 보니 무혼이 오우거로 변하며 몸집이 몇 배 이상 커지자 본래 입고 있던 옷이 찢어져 바람에 모두 날려간 상태였다. 당연히 그 부분이 적나라하게 드러나 있었다. 오우거의 그것이 말이다.

"빌어먹을!"

무혼 역시 그러한 상황을 깨닫고 잽싸게 양손으로 그곳을 가렸다. 오우거로 변할 생각만 했지 그로 인해 설마 이런 민망한 사태가 벌어질 줄은 생각하지 못했던 것이다.

뭐 인간이 아닌 드래곤들이나 몬스터들 앞에서 조금 내

놓는다고 창피할 것도 아니고, 게다가 본래 자신의 것도 아닌 오우거의 것이니 더더욱 창피할 것은 없었다.

그래도 덜렁거리는 거대한 하물을 내놓고 다니며 움직일 수는 없는 일 아닌가? 문제는 무혼의 아공간에는 오우거의 몸집에 맞을 만한 옷이 없다는 것이었다.

"포르티, 내가 입을 만한 큰 옷 없냐?"

무혼은 드래곤인 포르티에게는 다양한 크기의 옷이 있을 수 있으리란 생각에 물었다. 그러자 포르티가 히죽 웃더니 아공간에서 수십여 가지 색상의 다양한 옷을 꺼내 허공에 펼쳐 들었다.

"흐흐! 이 중 네 취향에 맞게 골라 봐라. 색상과 모양은 다양하지만 신체 크기에 따라 자유자재로 늘어나는 재질이라 자그만 코볼트로 변하건 커다란 오우거로 변하건 별다른 불편함 없이 입을 수 있는 것들이다."

그러자 무혼은 포르티가 허공에 늘어놓은 옷들을 유심히 살펴봤다. 모두 짧은 삼각이나 사각 형태의 속옷이었다.

'뭐야? 하나같이 색이 매우 요란하군.'

무혼은 개인적으로 흑색을 선호했기에 흑색을 찾아봤지만, 그것은 하필 뒷부분이 얇은 줄로 되어 있는 기이한 모양의 옷이었다.

'으윽! 어디서 저딴 이상한 옷들을!'

무혼은 어이가 없었다. 어째서 하나같이 괴이쩍은 옷들만 있는 건지. 하지만 얻어 쓰는 형편에 불만을 토로할 수는 없는 일이 아닌가.

어쩔 수 없이 그나마 가장 나은 걸 골랐다. 붉은색의 삼각 속옷이었다. 어차피 겉옷이 따로 없다 보니 사실 속옷이라 부르기도 뭐했다. 무혼이 잽싸게 그것을 입어 하체를 가리자 포르티는 나머지 옷들을 아공간에 집어넣으며 말했다.

"흐흐! 그건 특별히 빨지 않아도 항시 청결하게 유지되는 옷이니 그냥 영구적으로 입고 있어도 된다. 통풍도 잘되고 착용감도 거의 안 입은 듯 쾌적하니 쓸 만할 거다."

"고맙군. 잘 입겠다."

무혼은 빨래를 하지 않아도 항시 청결하게 유지된다는 말에 흡족한 미소를 지었다. 꽉 낀 옷의 특성상 그 부분이 툭 튀어나와 있어 좀 우스꽝스럽기도 하고 민망하기도 하지만 기능이 훌륭하니 그냥 참아주기로 했다.

무혼은 자신을 멍하니 바라보고 있는 오우거 적풍과 미노타우루스 오스느크, 그리고 아직 이름을 알지 못하는 엘프 소녀를 힐끗 쳐다봤다.

무혼과 눈이 마주치자 그들은 움찔 몸을 움츠리며 눈을

아래로 내리깔았다. 전형적인 노예의 자세였다. 그렇게 길들여져 왔기 때문에 어쩔 수 없는 일이겠지만, 무혼으로서는 씁쓸하지 않을 수 없었다.

그들에게는 오우거나 미노타우루스다운 패기가 전혀 보이지 않았다. 엘프로서의 도도함도 자신감도 전혀 느껴지지 않았다.

그들에게 아무리 패기를 가지고 자신감을 가지라 말한들 소용없을 듯했다.

'말로는 소용없다. 직접 보여주는 수밖에 없어.'

무혼이 오우거로 변신한 이유는 바로 그것 때문이었다. 붉은 머리털의 오우거 적풍에게 오우거가 가진 패기를 보여주어 오우거로서의 정체성을 느끼게 하려는 것이다.

적풍은 자신을 짓누르고 압박하던 오크들이 오우거 앞에 얼마나 무력한 존재인지를 알게 되면, 노예근성에 길들여진 비굴함을 벗어던지고 강인한 오우거로서의 패기를 되찾게 될 것이다.

물론 적풍뿐 아니라 미노타우루스 오스느크와 엘프 소녀에게도 그와 같은 기회를 주어야 하리라.

그런데 그때 그러한 무혼의 마음을 짐작했는지 포르티와 아그노스가 각각 미노타우루스와 엘프로 폴리모프했다. 포르티는 노란색의 반짝이는 사각 속옷 하의를 입고 있었고, 아그노스는 하얀 크림색의 아름다운 로브 드레스 차림이었다.

포르티는 아공간에서 붉은색 블레이드를 가진 배틀 액스를 꺼내 거머쥐고는 말했다.

"흠! 무혼, 이제 오크 놈들을 깨부수면 되는 것이냐?"

"잘 알고 있구나."

무혼이 끄덕이자 포르티가 씩 웃고는 고개를 돌려 오스느크를 쳐다봤다.

"오스느크! 너는 미노타우루스 앞에 오크들이 얼마나 하찮은 벌레 같은 놈들인지를 두 눈 똑바로 뜨고 지켜 봐라."

아그노스도 엘프 소녀를 향해 미소 지으며 말했다.

"아이야. 두려워할 것 없단다. 엘프 메이지의 위대한 능력을 이제 넌 보게 될 거야."

무혼이 따로 설명을 안 해도 알아서 척척 하는 눈치 빠른 드래곤 친구들이었다. 무혼은 앞장서서 어둑한 뒷골목을 벗어나 번화가로 나갔다.

쿵!

흑발의 거대한 오우거와 붉은 배틀 액스를 든 미노타우루스가 나타나자 오크들이 깜짝 놀라 난리가 벌어졌다. 그때 수백 여 마리의 오크 병사들이 나타났다.

"췩! 저기다. 오우거와 미노타우루스가 있다."

"취익! 도주한 노예들도 보인다."

그들은 아까 무혼의 기세에 눌려 달아났던 오크 군졸의 보고로 긴급 출동한 경비대원들이었다. 오크 백부장이 험악한 눈빛을 번뜩이며 소리쳤다.

"췩! 감히 오우거 따위가 건방지게 어디를 활보하는 것이냐? 그따위 이상한 옷은 또 뭐야?"

거대한 오우거의 덩치에 어울리지 않는 꽉 끼는 삼각 속옷형 바지라? 그것도 붉은색이다. 아마 누구든 그것만으로도 당연히 시비를 걸고 싶을 것이다. 무혼이 담담히 웃으며 대답했다.

"어리석은 오크들이여! 죽고 싶지 않다면 그냥 물러들가는 게 어떤가?"

그러자 오크 백부장이 가소롭다는 듯 무혼을 노려보더니 오른손에 쥐고 있는 도끼를 번쩍 쳐들며 외쳤다.

"취익! 크크크! 모두 어떻게 생각하느냐? 나는 오늘 밤저 괴상한 옷을 입은 오우거와 미노타우루스를 잡아 잔치를 벌이고, 또한 저 뒤의 엘프들을 실컷 희롱할 생각이다."

"췩! 키킥! 멋진 생각입니다."

"취익! 모처럼 오우거 고기를 실컷 먹어보겠군요. 킬킬

킬!"

오크 병사들이 키득거리며 웃었다. 중갑주로 무장한 오크 병사들은 흑발의 오우거 무혼을 조금도 두려워하는 기색이 없었다. 자신들의 숫자는 많고, 주술이 깃든 무기들이 오우거의 질긴 가죽도 얼마든지 꿰뚫을 수 있을 거라 생각하기 때문이었다.

그리고 실제로 도주하는 오우거나 미노타우루스를 사냥해 본 적도 적지 않은 터라, 그들은 흑발의 오우거 무혼을 그저 부피가 큰 고깃덩어리 정도로 취급하고 있었다.

킥킥킥킥!

큭큭큭!

오크들의 비웃음 소리와 그들의 험악한 눈빛에 의해 적풍과 오스느크의 얼굴이 온통 두려움으로 물들었다. 그들은 자신들이 오크들의 저녁 잔치거리로 변해 죽게 될 것이란 생각에 눈물이 그렁그렁했다.

엘프 소녀 역시 몸을 와들와들 떨었다. 체념도 절망도 없이 무심하게 변해버린 그녀이지만, 문득 새롭게 회복된 육체에 작게나마 희망을 가져 보았는데, 또다시 오크들에게 더럽혀질 생각을 하니 끔찍하지 않을 수 없었던 것이다.

그런 그들을 돌아보며 무혼이 담담히 말했다.

"이제 잘 봐라. 너희들이 그토록 두려워 떠는 오크들이 얼마나 무력한 존재인지를!"

무혼의 말에는 두려움을 쫓는 기이한 힘이 있었다. 적풍과 오스느크, 그리고 엘프 소녀는 마음이 이상하게 차분히 가라앉았다. 그들의 눈에 비친 오우거 무혼의 모습은 흡사 거대한 산처럼 든든해 보였다.

그때 오크 백부장이 도끼를 휘두르며 외쳤다.

"췤! 쳐라! 저 덩치만 큰 물렁한 녀석들을 뭉개 버려라. 특히 저 건방진 검은 머리털 오우거의 목을 벤 녀석에게는 큰 상을 주겠다."

"취익! 검은 머리 오우거의 목은 내거다."

"췤! 취익! 그럼 저 미노타우루스의 머리는 내 거다. 키 키킥!"

오크들이 키득거리며 달려왔다. 아무리 자신들의 숫자가 많다고 해도 오우거 앞에 정면으로 달려들다니. 그것은 무투에 어느 정도 자신이 있다는 것을 의미했다. 보통의 오크들보다 덩치도 제법 크고 동작도 빠른 것을 보니 대략 십부장 급은 되는 오크들인 듯했다.

"오우워어어어어!"

무혼이 싸늘히 포효를 날렸다. 오우거로 폴리모프된 상태여서 그런지 그냥 고함을 질렀을 뿐인데 마치 우레와 같은 포효가 일어났다.

"취억?"

"……취, 칙!"

그 순간 기세 좋게 달려들던 오크 병사들이 움찔 놀라
멈춰 섰다. 그동안 그들에게 길들여지거나 잔뜩 기가 죽어
달아나던 오우거만 사냥해 보았던 오크들이기에, 지금과
같이 사나운 기세를 발하는 포식자의 포효를 거의 들어보
지 못한 것이다.

"오우워어어어어어-!"

무혼은 한 번 더 포효를 날렸다. 이번에는 짐짓 살기와
함께 내공도 일으켜 지른 포효였기에 그 위력은 오크들에
게 단순히 공포를 주는 것 이상이었다.

"쿠억!"

"취엑!"

선두에 있던 오크들이 귀에서 피를 내뿜으며 뒤로 나동
그라졌고, 그 뒤로 마치 파도치듯 오크들이 줄줄이 넘어가
버렸다. 그리고 그렇게 넘어간 오크들은 두 번 다시 움직
이지 못했다.

"우……!"

"크으……!"

포효 한 번에 수십 마리의 오크들이 즉사했다. 그 뒤에

있던 오크들은 제정신이 아닌 듯 비틀거렸다. 오크들은 전의를 상실했고, 슬금슬금 뒷걸음질 치다 모조리 달아나버렸다. 오크 백부장도 예외가 될 수 없었다.

무혼은 슥 고개를 돌려 오우거 적풍을 쳐다봤다.

"보았느냐? 이게 바로 오우거다."

"……!"

적풍의 두 눈은 찢어질 듯 부릅떠 있었다. 그로서는 정말 믿기지 않은 광경이었다.

'오……오크들이 도망갔다…….'

그는 자신을 그토록 괴롭히던 오크들이 겁에 질려 달아나는 장면을 보자 가슴에서 뜨거운 뭔가가 울컥 올라왔다.

그것은 전율스러운 충격이었다.

그토록 무섭고 끔찍한 존재였던 오크들이 오우거 앞에서는 아무것도 아니었다는 말인가? 오우거가 그토록 강할 수도 있다는 건가? 혼자서 오크 수백 마리를 상대할 정도로 오우거가 대단한 존재였던가?

그런데 그것은 적풍에게만 엄습한 충격이 아니었다. 무혼의 포효는 미노타우루스 오스느크의 투혼도 일깨웠다.

두 뿔이 잘린 이후 투혼도 패기도 모두 사라져 버린 채, 오크들의 명령에 오로지 복종만 하며 그들이 던져주는 상한 고깃덩이 한 조각에 고마워하던 그에게, 조금 전 벌어진 광경은 경이 그 자체였다.

오크들이 겁에 질려 달아날 수 있다는 것! 오크들이 그토록 무력한 존재일 수도 있다는 것!

그는 자신이 그따위 무력한 존재들의 노예로 있었던 것이 왠지 억울하다는 생각이 들었다. 비로소 가슴 깊이 묻어뒀던, 감히 두려워 꺼내보지 못했던 억울함과 분노의 불길이 폭발하듯 터져 나오기 시작했다.

"쿠, 쿠드득!"

오스느크는 이를 갈았다. 그의 두 눈에 투혼이 되살아나기 시작했다. 무혼이 오스느크와 적풍을 쳐다보며 말했다.

"뭔가 느끼는 것이 있느냐?"

"쿠득! 그렇습니다."

"우워! 뭔가 화가 납니다."

오스느크와 적풍의 두 눈이 이글이글 타오르기 시작했다. 무혼이 말했다.

"그럼 이제 너희들이 분노의 포효를 날려 봐라. 이 도시 하리쿰에 지금도 노예로 있는 모든 오우거와 미노타우루스, 자이언트 오크, 트롤, 사이클롭스, 그리고 엘프들이 너희들의 포효를 듣고 용기를 내도록 말이야."

그러자 오스느크와 적풍이 숨을 힘껏 들이켰다가 내뱉었다. 그동안 감히 한 번도 상상조차 해본 적 없는 분노의 포효를 내지를 생각을 하자 그들의 가슴은 세차게 뛰었다.

그런데 그렇게 막 그들이 힘껏 포효를 내지를 찰나였다. 그사이 실피의 어깨 위에서 늘어지게 잠을 자던 포티아가 문득 기지개를 켜며 귀엽게 우는 것이 아닌가?

"니아오옹!"

보통의 고양이가 아니라 가디언 포티아의 울음소리였다. 그 소리에는 기이한 마력이 있었다. 오스느크와 적풍은 부지중에 그 소리에 영향을 받아 그와 비슷한 포효(?)를 내지르고 말았다.

"크워오옹―!"

"오, 오우워옹!"

순간 무혼은 어이없어하는 표정을 지었고, 포르티와 아그노스는 웃겨서 견딜 수 없다는 듯 키득거렸다.

"크흐흐! 지금 저 녀석들 설마 고양이 울음소리를 흉내 낸 거냐?"

"아흐! 그런 가봐. 아 웃겨! 아이고 배야……, 호호호!"

"저 녀석을 그냥!"

곧바로 무혼의 험악한 눈빛이 포티아를 향했고, 기겁한 포티아는 움찔 고개를 돌려 실피에게 구원을 청했다. 실피는 다급히 포티아를 품에 안으며 말했다.

"마스터, 고양이는 원래 그렇게 우는 법이라고요. 그렇다고 혼내시면 안 돼요."

"크흐흐! 그래 맞다, 무혼. 이 고양이가 뭔 죄냐?"

"호호! 어쩜 이렇게 귀엽니."

포르티와 아그노스도 다가가 포티아의 머리를 쓰다듬었다. 그러자 포티아는 짐짓 불쌍하고 처량 맞은 표정을 지으며 그들의 손에 머리를 맡기는 것이었다. 이럴 때만 보면 녀석은 누가 봐도 선량하고 착한 고양이였다. 무혼은 그런 고양이를 학대하는 악덕 주인이고 말이다.

'쯧! 저 녀석이 고양이 흉내는 정말 기막히게 잘 내는군.'

무혼의 두 눈이 가늘게 변했다. 그야말로 가디언 포티아의 정체를 모두에게 까밝혀야 할까 심히 고민이 되는 순간이 아닐 수 없었다.

그러나 저들의 화기애애한 분위기를 굳이 망칠 필요가 있겠는가. 실피와 드래곤 친구들이 포티아에게 주눅 들어 있는 모습을 보고 싶지 않았기에 무혼은 이번 한 번은 그냥 넘어가기로 했다.

"자, 다시 포효를 날려 봐라. 저 고양이 소리 따윈 신경 쓰지 말고 마음껏 너희들의 울분을 토해 봐라."

그러자 오스느크와 적풍이 기다렸다는 듯 크게 포효를 질렀다.

"쿠워어어어어어!"

"오워어어어어어어!"

울분을 토해내는 포효인 만큼 그들의 포효는 한동안 계속됐다. 그리고 포효가 메아리치며 하리쿰 곳곳으로 퍼져나가 노예로 묶여 있던 초대형 몬스터 즉, 거족들의 투혼을 일깨우기 시작했다.

"쿼어어어어허헝!"

"쿠아아아아아!"

급기야 도처에서 포효 소리가 들려왔다. 노예 상태인 몬스터들이 오스느크와 적풍의 포효에 응답하는 소리였다.

"들리느냐? 너희들의 포효에 응답하는 저 소리들이?"

"쿠워어어! 그렇습니다."

"오워어! 아주 잘 들립니다."

오스느크와 적풍의 두 눈이 불타올랐다. 무혼은 슥 고개를 돌려 엘프 소녀를 쳐다봤다. 특별히 뭐라 말을 하지 않았지만 그녀 역시 두 눈에 조금씩 생기가 돌고 있었다.

무혼이 다시 앞장서서 걸었다.

"모두 따라와라. 이제 이 하리쿰의 아빼드와 그의 군대를 박살 내고 너희들의 친구들을 구해내러 가자."

"쿠워어어! 알겠습니다."

"우워어어! 당신을 따르겠습니다."

적풍과 오스느크가 힘차게 대답한 후 무혼의 뒤를 따랐
다. 엘프 소녀 역시 주먹을 꽉 움켜쥔 채 무혼의 뒤를 따라
갔다.

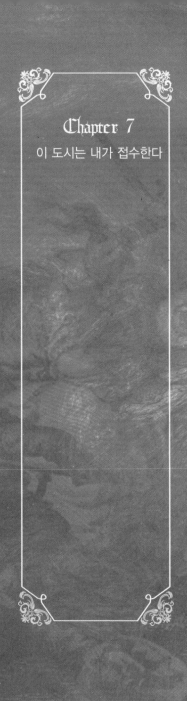

Chapter 7
이 도시는 내가 접수한다

　오우거가 된 무혼과 미노타우루스가 된 포르티, 그리고 엘프가 된 아그노스가 앞장서고 각각의 뒤를 적풍과 오스 느크, 엘프 소녀가 뒤따랐다. 실피는 고양이 포티아를 품 에 안은 채 엘프 소녀의 옆에서 함께 걸었다.

　정령을 알아보고 그들과 자유롭게 대화를 나눌 수 있는 엘프 특유의 정령 친화력 때문인지 실피는 엘프 소녀가 매 우 편했고, 엘프 소녀 역시 실피를 부담스럽게 여기지 않 는 듯했다.

　그러나 여전히 그녀의 마음은 굳게 닫혀 있었다. 보통 엘프들은 정령이 나타나면 그 즉시 말을 걸거나 하다 못해 미소를 지어주기라도 하는데, 엘프 소녀는 처음에 한 번 힐끗 실피를 쳐다보고 난 이후에는 눈길도 주지 않았다.

실피는 그런 엘프 소녀의 반응을 상관하지 않고 혼자서 뭐라고 떠들었다. 물론 엘프 소녀의 귀에만 들리도록 은밀히 속삭이는 것이었다.

이를테면 저기 흑발의 오우거로 변한 마스터 무혼이 어떤 자이고, 그가 무엇 때문에 이곳 오크들의 도시에 왔는지, 그리고 엘프의 수호 정령 엘리나이젤이 트레네 숲에서 엘프들을 보호하고 있다는 둥 실피가 알고 있는 것들을 그냥 지나가듯 얘기해 주었다.

처음에는 시큰둥했던 엘프 소녀는 점차 실피의 말에 귀를 기울이는 듯했다. 그러다 무혼이 엘프의 수호 정령 엘리나이젤을 구해 주고, 그 이후 엘리나이젤이 트레네 숲에서 엘프들을 불러 모으고 있다는 말을 듣는 순간 눈물을 글썽이고 말았다.

'그, 그게 정말이에요? 정말로 엘리나이젤 님이 부활하신 건가요?'

'훗, 너 이제야 말을 하는구나. 내 말은 모두 사실이야. 정령이 거짓말하는 것 봤니?'

엘프 소녀가 드디어 말문이 열리자 실피의 입가에 미소가 맺혔다. 엘프 소녀는 실피를 향해 다시 물었다.

'그럼 저 앞의 오우거로 변한 분이 엘리나이젤 님을 구한 로드이시군요?'

'그래. 나에게는 마스터이시고, 너에게는 로드가 되시는 분이란다.'

'아, 그렇군요.'

무혼의 뒷모습을 바라보는 엘프 소녀의 두 눈에 이채가 일었다. 실피가 물었다.

'이제 네 이름 정도는 물어도 되겠지. 난 바람의 상급 정령 실피. 원래는 하급 정령이었는데 마스터와 엘리나이젤 님 덕분에 상급 정령이 됐어.'

'그랬군요. 제 이름은 다프니예요.'

엘프 소녀 다프니가 드디어 이름을 밝히는 순간이었다. 그렇게 그녀의 닫혔던 마음이 조금씩 열리고 있었다.

그때 멀리 거대한 성이 위용을 드러냈다. 도시 하리쿰에는 세 개의 성이 있는데, 지금 눈앞에 보이는 성이 하리쿰의 중앙에 위치한 가장 큰 성이었다.

"칙! 오우거가 나타났다. 모두 투창을 던져라!"

서쪽 성문이 열리고 대략 1천여 마리의 오크 병사들이 우루루 몰려나왔다. 동시에 선두로 달려오는 백여 마리의 오크들이 일제히 투창을 집어 던졌다.

쉬쉬쉭- 쉬쉬쉬쉭!

주술의 힘이 깃든 투창들이 흑발의 오우거 무혼과 그 옆에 있는 미노타우루스 포르티, 엘프 아그노스를 향해 장대비처럼 쏟아져 내렸다.

그러나 투창들은 그들의 앞에서 맥없이 튕겨 나가 버렸다. 포르티가 전방에 광역 실드를 펼쳤기 때문이었다. 동시에 포르티는 앞으로 돌진하며 붉은 날의 배틀 액스를 내리쳤다.

"쿠워어어어어어! 이 가소로운 오크 놈들아! 네놈들에게 미노타우루스의 무서움을 보여주마."

콰아앙!

배틀 액스의 블레이드가 땅바닥을 찍는 순간, 전방의 땅이 지진이라도 난 듯 일직선으로 갈라졌다. 그 앞에 있던 수십여 마리의 오크들이 갈라진 땅속으로 떨어졌다.

"취익! 크아악!"

"췩! 사, 살려줘!"

땅은 갈라졌다 싶은 순간 금세 다시 붙어버렸다. 수십 마리의 오크들이 순식간에 땅 속으로 매몰되어 버린 것이었다.

그런데 그것이 끝이 아니었다. 포르티의 거대한 동체가 훌쩍 날아오른다 싶더니 오크들의 진형 한복판에 착지했다.

"크흐흐흐! 모조리 통구이로 만들어 주마. 플레임 액스!"

포르티가 마구잡이로 휘두르는 배틀 액스의 붉은 날에서 이글거리는 화염이 사방으로 쏟아져 나갔다. 그 화염에 휩말린 오크들은 시뻘건 불꽃에 휩싸여 순식간에 숯덩이가 되어버렸다.

그야말로 일방적인 살육이나 다름없었다. 그것을 본 미노타우루스 오스느크의 두 눈이 투혼으로 번뜩였다. 그는 살면서 이렇게 속이 시원했던 적이 없었다.

'크크……, 크히히히! 미노타우루스는 강하다. 오크들 따위에게 지지 않는다.'

그렇게 오스느크가 투혼을 불태울 때, 엘프소녀 다프니 역시 엘프 아그노스가 펼치는 가공할 빙결 마법을 보고는 가슴이 벅차올랐다.

엘프 아그노스는 포르티처럼 시끄럽게 떠들며 싸우지 않았다. 그저 오크들을 향해 슬쩍슬쩍 손을 휘저을 뿐이었는데 그로부터 차가운 얼음 화살들이 한 번에 수백 개씩 생성되어 쏘아져 날아가는 것이었다.

오크들은 얼음 화살 앞에 무력했다. 방패로 막으면 방패가 얼어버리고, 방패에 묶여 있던 팔과 어깨가 차례로 얼어붙다가 이내 온몸이 꽁꽁 얼어버리는 식이었다.

그러다 곧바로 들이닥친 또 다른 얼음 화살이 얼어붙은 오크들을 산산조각 내버렸다. 그런 식으로 무참히 죽은 오크들의 숫자는 포르티가 무식하게 지진을 일으키거나 배틀 액스를 휘둘러 죽인 오크들보다 오히려 많을 정도였다.

다프니는 그런 아그노스의 놀라운 마법 능력과, 동시에 그것에 제대로 대항도 못하고 죽임을 당하는 오크들을 보며 눈물을 흘리기 시작했다. 그것은 더 이상 비통과 절망의 눈물이 아니었다. 전율스러운 감동의 눈물이며 통쾌함이 담긴 눈물이었다. 또한 투혼의 눈물이기도 했다.

다프니는 항상 오크들에게 비굴한 복종과 학대를 당하던 엘프들만 보아왔다. 그런데 지금 그녀의 눈에 보이는 엘프 아그노스에게는 하늘을 찌를 듯한 당당함이 있었다. 강자의 여유로운 미소가 입가에 맺혀 있었다. 그 모습이 그녀의 뇌리에 그대로 각인되었다.

'나 역시 아그노스 님처럼 강한 엘프 메이지가 될 거야.'

다프니는 입술을 깨물고 다짐했다. 그녀는 실피로부터 이미 아그노스가 엘프가 아닌 드래곤이라는 사실을 들었지만, 그것은 솔직히 상관없었다.

적어도 지금 이 순간 아그노스는 엘프의 모습으로 그녀 앞에서 투혼을 불어넣어 주고 있었으니까. 다프니는 그것만으로 충분했다.

"췩! 바보 같은 놈들! 그깟 오우거 한 놈을 못 당하고 도
주해 왔다는 말이냐?"

하리쿰 성의 대전에는 아빼드 그리바의 소집 명령에 의
해 모인 천부장 급 지휘관들이 모두 모여 있었다. 그런데
갑자기 급박한 보고라며 초죽음이 된 백부장 하나가 달려
들어온 것이었다. 오우거로 인해 성 앞이 쑥대밭이 되고
있다는 전갈이었다.

"누가 가서 그 건방진 오우거 놈을 잡아오겠느냐?"

대노한 아빼드 그리바의 말에 천부장들이 일제히 자신
이 하겠다고 나섰다.

"제게 맡겨주시지요. 오우거 놈의 머리를 잘라 오겠습
니다."

"제가 당장 가서 놈을 요절내겠습니다, 아빼드."

그리바는 흡족한 미소를 지으며 고개를 끄덕였다. 그는
그들 중 누가 나서도 단신으로 오우거 몇 마리는 거뜬히
상대할 만한 실력이 있음을 알고 있었다.

그는 자신의 무기인 청색의 대도를 들고 벌떡 일어섰다.

"모두 함께 간다. 그 오우거 놈을 잡아 술안주 삼아 오
늘밤 연회를 열기로 하겠다."

"취이익! 그거 좋은 생각입니다, 아빼드."

"췩! 제가 앞장서지요. 클클클!"

천부장들은 설마 아빼드 그리바가 직접 나설 것이라고는 예상하지 못한 듯 모두들 놀란 표정이었다. 동시에 오우거를 잡아 연회를 연다는 말에 모두들 신이 나 있었다.

그렇게 대전을 나가는 그리바와 천부장들 앞에 백부장 하나가 급박하게 달려와 외쳤다.

"아빼드님! 오……, 오우거가!"

"오우거? 대체 그게 뭐 대수라고 계속 호들갑이냐?"

그리바가 언짢은 듯 인상을 찡그리자 백부장은 다급히 말했다.

"오우거가 아빼드님이 당장 나오지 않으시면 성문을 부수겠다고 소리를 지르고 있습니다."

"크큿! 간이 붓다 못해 터져버린 오우거 놈이군. 어디 어떻게 생긴 놈인지 한 번 봐야겠다."

곧바로 그리바는 성의 중앙탑 위로 올라가 서쪽 성문 앞에 나타난 흑발의 오우거 일당을 노려봤다. 오우거의 주위에는 오크 병사들이 곤죽이 되어 산처럼 쌓여 있었다.

성벽 위에서는 오크 궁수들이 오우거를 향해 활을 쏴대고 있었지만 놀랍게도 화살들은 오우거의 근처에서 맥없이 힘을 잃고 바닥으로 내리꽂혀 버리는 것이었다. 그러다 보니 바닥에 꽂힌 수천 발의 화살들이 오우거의 앞에 마치 울타리와 같은 형상을 이루고 있었다.

'보……, 보통 놈이 아니다!'

흑발의 오우거를 본 그리바의 안색이 딱딱하게 굳어졌다. 조금 전까지만 해도 웬 정신 나간 오우거 하나가 난동을 부리는 것으로 생각했는데, 지금 서쪽 성문 밖에 오연히 서 있는 오우거는 언뜻 봐도 상상을 초월하는 가공할 기세를 내뿜고 있었다.

그런데 그런 심상치 않은 기세는 오우거뿐 아니라 붉은 도끼를 든 미노타우루스에게서도 뿜어져 나왔다. 또한 백색의 드레스 로브를 입고 있는 정체불명의 엘프 메이지로부터도 그리바의 가슴을 철렁하게 만들 만큼 무서운 기운이 느껴지는 것이었다.

대체 어디서 저런 특이한 오우거와 미노타우루스가 나타났을까? 그리고 저 엘프 메이지는 또 누구라는 말인가? 엘프들 중에서 저만한 능력을 가진 강자가 아직도 존재한다는 것이 그리바는 믿기지 않았다.

"췃! 오우거 놈! 내가 바로 하리쿰의 아빼드 그리바다. 네놈이 날 찾는 목적이 무엇이냐?"

그리바는 중앙 탑 위에서 크게 외쳐 물었다. 오크 제국에서 손꼽히는 무장 중 하나답게 그의 목소리는 성을 쩌렁 쩌렁 울렸다.

무혼은 고개를 들어 멀리 성안의 높은 탑 위에서 자신을 향해 소리를 지른 오크를 발견했다.

'제법 쓸 만한 실력을 가지고 있군.'

한눈에 봐도 지금껏 무혼이 봤던 오크들 중에서는 가장 강한 자였다. 트레네 숲에 쳐들어 왔던 군단장 라그너즈는 물론이고, 반년 전 켈쿰에서 언데드 엘프 로다이크에게 죽임을 당했던 매브고드도 그리바에 비하면 한 수 아래라고 봐야 할 정도였다.

그러나 그러한 능력은 오크들 사이에서나 통할 뿐이다. 무혼은 그리바를 노려보며 외쳤다.

"하리쿰의 아빼드여! 지금 즉시 하리쿰에 있는 모든 오우거와 미노타우루스, 트롤, 자이언트 오크, 사이클롭스, 그리고 엘프 노예들을 풀어 줘라."

"큽! 무슨 헛소리를 지껄이는 것이냐?"

그리바는 어이가 없다는 듯 입가를 비틀며 웃었다. 무혼은 다시 말했다.

"내 조건은 그것이다. 그대로 따르면 너는 살 것이요, 이 도시 또한 지금처럼 네가 통치하게 될 것이다. 그러나 따르지 않는다면 너는 죽는다."

"쿠카카캇! 정말로 가소롭구나! 헛된 망상에 빠진 오우거 놈아, 네놈이 어디서 힘쓰는 법을 조금 배워온 모양이다만 그래봤자 우리 오크들의 상대가 될 수 있다 생각하느냐? 이 동대륙의 패자가 왜 오크들인지 정녕 모르고 있는 것이냐?"

"어리석군. 지금껏 그래 왔다 해도 하루아침에 뒤바뀔 수 있는 게 세상이다. 오크들이 언제까지 동대륙의 패자로 남아 있을 것이라 생각하는가?"

"크크큭! 어디서 계속 미친 소리를 지껄이는 건가? 더 이상 그 헛소리를 듣고 싶은 생각은 없고, 지금 네놈이 처한 현실이나 파악하거라. 너는 고작 너희 몇으로 하리쿰의 수많은 용사들을 당해낼 수 있으리라 보는 것이냐?"

그사이 성벽 위에는 오크 궁수들과 보병들이 빽빽하게 늘어서 있었고, 곳곳에 오크 주술사들이 무혼을 잡아먹을 듯 노려보며 아빼드 그리바의 공격 명령만 기다리고 있었다.

그뿐이 아니다. 어느새 소집된 오크 민병대들이 무혼 등의 퇴로를 차단한 채 주변을 완전히 포위한 터였다.

앞으로는 거대한 성, 뒤로는 셀 수 없이 모여든 오크 민병들이 있으니 적풍과 오스느크, 다프니의 표정은 다시 두려움으로 물들기 시작했다. 그들의 생각에 무혼 등이 아무리 강하다 해도 이 많은 오크들을 당해내기란 불가능해 보였기 때문이다.

그때 무혼이 싸늘히 외쳤다.

"하리쿰의 아빼드 그리바! 그 대답으로 너의 운명은 정해졌다. 네가 나의 제의를 받아들이지 않았으니, 이 도시는 내가 나의 방식으로 접수한다."

"취익! 도저히 더 이상 못 들어 주겠구나. 뭣들 하느냐? 저 미친 오우거의 목을 잘라오지 않고!"

그리바는 화가 난 듯 공격 명령을 내렸다. 천부장들이 무기를 움켜쥐고 성벽 위로 뛰어 올라갔고, 성벽 위에 있던 오크 궁수들이 일제히 활을 쐈다.

쉬쉬쉬- 슈슈슈슉!

화살들이 하늘을 시커멓게 메우며 내리 떨어졌다. 그와 동시에 수십 마리의 오크 주술사들이 펼친 불의 주술 공격도 이어졌다.

화르르르! 화르르륵!

시뻘건 불덩어리들이 화살과 함께 상공에서 무수히 떨어져 내렸다. 그것들은 모두 오우거인 무혼 인근으로 집중되었기에 멀리서 보면 하늘에서 거대한 불화살의 기둥이 무혼을 향해 내리꽂히는 듯한 착각이 일기도 했다.

그러나 그러한 공격은 오우거 무혼에게 아무런 피해도 주지 못했다. 엘프 아그노스가 어느새 상공에 거대한 프로즌 실드를 몇 겹으로 형성해 놓았기 때문이었다.

쏟아지던 화살들은 마치 우산 위에 떨어지는 빗방울처럼 프로즌 실드 앞에서 튕겨 나갔고, 불덩이들은 실드에 닿는 즉시 소멸되어 버렸다.

그것을 본 그리바의 입이 쩍 벌어졌다.

'칙! 저럴 수가!'

그러한 광경은 그리바로서도 처음 보는 것이었다. 그가 아는 그 어떤 오크 주술사도 방금 전 엘프 메이지가 펼친 거대한 방어막을 만들 능력은 없었다. 전설로만 듣던 드래곤이라면 모를까, 어떻게 한낱 엘프 메이지 따위가 저런 가공할 마법을 펼친다는 말인가?

그런데 그 순간 더욱 경악할 만한 일이 벌어졌다. 흑발에 붉은 하의를 입고 있는 오우거가 바람 같은 속도로 성문을 향해 돌진을 하더니 그대로 성문 앞의 옹성을 주먹으로 후려친 것이었다.

콰아아앙!

옹성은 각종 공성 무기로부터 성문을 보호하기 위해 성문 앞을 감싸듯 쌓아놓은 강력한 방어 성벽이다. 그리바는 이 옹성에 특별한 관심을 기울였기에 어지간한 투석기는 물론 파괴력이 강한 주술이나 마법에 적중당해도 무너지지 않도록 갖가지 방어 주술도 펼쳐 둔 터였다.

그야말로 강철로 만든 옹성이라 해도 될 만큼 튼튼한 방어력을 지닌 옹성을 오우거가 주먹으로 후려친다?

하리쿰의 오크들 중 누가 봐도 그것은 실로 가소롭기 그지없는 일이었다. 이제 수많은 주술사들이 심혈을 기울여 펼쳐둔 방어 주술이 발동할 것이고, 그로 인해 오우거의 주먹은 가루로 변해 흩어지게 되리라. 그의 몸은 처참하게 뭉개져 튕겨 나갈 것이리라.

그런데 상황은 전혀 가소롭지 않았다. 그리바의 기대와 달리 우레 같은 폭음이 한 번 울려 퍼진 이후 옹성이 세차게 흔들렸고 그대로 무너져버렸다.

콰르르르르!

주먹질 한 번에 옹성이 무너져 내리다니. 그 가공할 광경에 성벽 위에 있던 오크 병사들이 얼어붙은 듯 경직되어버렸다. 그리바의 명령에 오우거를 향해 돌진하려던 천부장들도 기겁하며 그 자리에 멈춰 섰다.

마치 시간이라도 멈춘 듯 잠시 전장에 정적이 흘렀다. 망루 위에 있던 그리바도, 그의 부하들도, 성 밖에 진을 치고 있던 오크 민병대들도 일순 아무런 말을 하지 못했다.

그 정적을 깨고 말을 한 것은 오우거 무혼이었다. 그는 고개를 돌려 적풍을 쳐다보며 말했다.

"보았느냐? 이게 바로 오우거다."

적풍은 몸을 떨었다. 두려움이 아닌 경외감에서 오는 흔들림이었다. 이게 바로 오우거라는 무혼의 음성은 그의 투혼을 용솟음치게 했다.

'이게 바로 오우거다. 이게 바로 오우거다……!'

적풍의 눈빛이 이글거렸다. 그의 심장이 폭풍처럼 고동쳤다. 그는 자신이 오우거라는 것이 이토록 기쁜 적이 없었다. 그동안에는 자신이 왜 오크로 태어나지 않았을까 하는 원망을 한 적도 있었는데, 이제 두 번 다시 그런 생각을 하지 않을 것이다.

적풍이 주먹을 꽉 움켜쥔 채 물었다.

"저……, 저도 그렇게 할 수 있을까요?"

"물론이다. 주먹을 휘둘러 산을 무너뜨린다는 대력붕산권의 초식 중 하나지. 앞으로 네가 배우게 될 것이다."

"대력……붕산권……?"

"하지만 네가 타고난 힘을 믿고 수련을 게을리한다면 이룰 수 없는 꿈에 불과할 것이다. 명심해라. 두 번 다시 노예가 되고 싶지 않다면 피나게 수련을 해야 한다는 사실을."

무혼의 말에는 위엄이 있었다. 그의 말은 오우거 적풍을 향해 있었지만 미노타우루스 오스느크와 엘프 다프니의 귀에도 선명히 들렸다. 그들 모두의 가슴에 수련이라는 단어가 각인되었다.

쿵! 쿵!

무혼은 무너진 옹성을 딛고 마치 계단을 오르듯 성문 위로 올라갔다.

"췩! 막아라!"

성문 위 문루에 포진하고 있던 오크 천부장과 백부장들이 무혼을 막아섰다. 일당백의 용사들이라는 하리쿰의 오크 지휘관들이었다. 그러나 흑발의 오우거 무혼의 섬뜩한 안광이 그들을 향하는 순간, 모두들 안색이 누렇게 떠버렸다.

"오우워어어어어어어-!"

곧이어 내지른 거대한 포효에 가까운 곳에 있던 오크들은 모조리 즉사해 버렸다.

그나마 천부장들은 간신히 버티고 섰지만, 백부장 오크들은 오줌을 지리며 털썩 주저앉아 죽었다. 하물며 다른 오크 병사들은 오죽하겠는가.

"오워어어어어어어어-!"

오우거 무혼의 눈빛과 계속되는 포효만으로도 오크들이 픽픽 쓰러지고 전의를 상실해 버렸다. 무혼은 짐짓 살기를 내뿜어 오크들의 기세를 꺾어 버리고 있었다.

비록 하리쿰의 오크들을 징계하기로 결심했지만, 그렇

다고 오크들을 모조리 학살할 생각은 애초부터 없었다. 무혼의 목적은 노예들을 해방하는 데 있는 것이지, 오크들을 모조리 학살하는 데 있지 않기 때문이었다.

그래도 어쩔 수 없이 피는 봐야 했다. 그래서 앞을 가로막는 오크들은 모조리 뭉개 버린 것이었다. 이 정도 무서운 힘과 잔인성을 보여주지 않으면 오크들이 절대 복종하지 않을 테니까.

무혼의 의도대로 하리쿰 성의 오크 병사들은 저항의 의지 자체를 상실해 버렸다. 그들은 도주할 용기도 내지 못하고 일제히 무혼 앞에 엎드려 빌었다.

"취, 취익! 사, 살려주십시오."

"취익! 제발 살려주시오."

그러한 광경을 지켜보는 그리바의 심정은 실로 참담하지 않을 수 있었다. 부하들 거의 모두가 오우거의 포효 앞에 제압당해 항복을 해 버릴 줄이야.

오직 중앙 탑 위에 있는 네 마리의 오크만 항복을 하지 않았다. 하나는 아빼드 그리바였고, 나머지 셋은 그리바가 이끌고 있는 군단들의 군단장들이었다.

만부장 급 지휘관이자 군단의 지휘관인 군단장들의 눈빛은 오우거의 가공할 포효 앞에서도 흔들리지 않았다. 그러나 그들의 표정은 굳어졌고, 눈빛에는 긴장이 가득 어려 있었다.

"칰! 정신 차려라. 저 오우거 놈이 아무리 강하다 해도 우리 넷의 합공을 견딜 수는 없을 것이다."

그리바가 청색의 대도를 움켜쥔 채 말했다. 그의 착 가라앉은 음성을 들은 군단장 오크들은 무겁게 고개를 끄덕였다.

"취익! 그렇습니다. 비록 부하들의 사기가 죽었지만 저 오우거만 해치우면 사기는 올라갈 것입니다."

"칰! 소장이 목숨을 걸고서라도 저 오우거의 목을 따버릴 것이니 아빼드께서는 염려치 마소서."

그리바와 군단장 오크들의 눈빛이 투혼으로 타올랐다. 오크 제국의 용장이자 주술 전사들답게 그들은 강적 앞에서 오히려 전의를 불태우고 있었다.

그러나 그런 그들의 눈빛도 흑발의 오우거가 허공을 계단처럼 밟아 탑의 정상을 향해 다가오는 모습을 보는 순간 경악으로 뒤바뀌고 말았다.

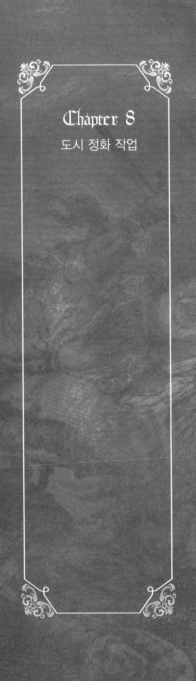

Chapter 8

도시 정화 작업

거대한 오우거가 흑발을 휘날리며 허공을 걷고 있었다.
그러한 광경은 오크들이 보기에 매우 기이하기 짝이 없었
다.

사실 오크 군단장들 중에 성벽을 훌쩍 뛰어넘거나, 심지
어 높은 망루 위도 새처럼 날아오르는 놀라운 능력을 가진
자들이 없는 것은 아니었다.

그러나 그들 중 누구도 지금의 오우거처럼 허공을 느릿
하게 걸어가는 이는 없었다. 마치 보이지 않는 투명한 계
단이라도 허공에 존재하는 듯 오우거는 거침없이 발을 내
디뎠다.

"너희들은 나서지 마라."

그리바가 그의 부하들인 오크 군단장들을 향해 돌연 침중한 표정을 지으며 말했다. 그러자 그들이 펄쩍 뛰며 외쳤다.

"아빼드, 저희도 돕겠습니다."

"저놈은 모두가 함께 공격해야 조금이라도 승산이 있습니다, 아빼드."

그리바는 냉랭히 고개를 흔들었다.

"명령이다. 이 싸움은 나 혼자 한다. 너희들은 절대 끼어들지 마라. 어기는 녀석은 용서치 않겠다."

그의 기세는 살벌하기 그지없었다. 그러나 오크 군단장들은 지금 그리바가 무엇 때문에 혼자 싸우려고 하는지 짐작하고는 비통한 표정을 지었다. 아빼드 그리바는 오우거와의 전투에 승산이 없음을 깨닫고 자신 혼자 그것을 떠맡으려는 것이었다.

"크으! 아빼드, 저는 목숨 따위는 아깝지 않습니다."

"크으으윽! 전투에서 뒤로 몸을 빼는 건 있을 수 없는 일이라고 바로 아빼드께 배웠습니다. 어찌 저희보고 몸을 사리라 하십니까?"

"닥쳐라! 너흰 무조건 살아남아라. 그리고 강해져라. 그래야 복수를 할 것이 아니냐?"

서슬 퍼런 그리바의 기세에 오크 군단장들은 탄식하며 고개를 숙였다. 그들의 눈에는 물기가 차오르고 있었다.

그런 그들을 보며 그리바는 씁쓸한 미소를 지었다.

'큿! 여기까지가 나의 삶인가 보군. 짧지 않은 생이었다.'

오크로 태어나 일백 수십 년을 넘게 살며 오크들이 동대륙 최강의 제국을 세우고, 거족들을 노예로 부리는 것을 보았으니 그의 삶에 회한은 없었다.

다만 한 가지 아쉬움이 있다면 황제의 죽음 이후 분열될 오크 제국의 패권을 그의 손으로 장악하고 싶은 야심을 이대로 버려야 한다는 것이었다.

그 야심은 단순히 사적인 것만은 아니었다. 만일 황자들 중에 크돌로르 황제의 반의반 정도라도 되는 이가 있었다면 그는 결단코 그러한 야심을 떠올리지 않았을 테니까.

그러나 그들 중 누구도 이 광활한 동대륙을 통째로 휘어잡을 만큼 강력한 통치력을 지닌 이는 없었다. 그래서 그리바는 자신이 직접 나서 분열된 제국을 안정시키려 했던 것이다.

물론 이제는 그러한 야심도 한갓 꿈에 불과할 뿐이었다. 그는 이제 저 우악스러운 오우거의 손에 무참히 죽임을 당할 상황이 아닌가?

그리바는 그 사이 망루 근처로 접근해 있는 흑발의 오우거를 노려보며 말했다.

"취익! 오우거! 아까 네가 했던 말을 기억한다. 노예들을 모두 풀어 주면 이 성을 건드리지 않겠다고 했지 않으냐?"

그러자 오우거 무혼이 차갑게 대꾸했다.

"그러게 왜 진작 나의 제의를 받아들이지 않았나. 지금 와서 돌이키기엔 너무 늦은 것 같은데."

"아……, 알고 있다. 그래서 나는 나의 죽음으로 네게 사죄를 하려 한다. 대신 나의 부하들과 이 도시의 오크들을 죽이지는 말아다오. 모든 노예들은 네 맘대로 해도 상관없다."

"가소롭군. 고작 너 하나의 죽음으로 나의 분노를 잠재울 수 있으리라 보는가?"

허공을 걸어간 오우거 무혼은 어느새 망루 위에 올라서 있었다. 그가 걸어 지척으로 다가왔지만 그리바는 꼼짝도 할 수 없었다. 본래라면 죽더라도 한번 사력을 다해 붙어보려 했다. 그러나 오우거를 지척에서 보는 순간 그것이 얼마나 허황된 생각이었는지를 절실히 깨달을 수 있었다.

'크으으! 수, 숨조차 쉬기 힘들다. 대체 어떻게 이런!'

그리바는 흑발의 오우거의 몸 주위로 흡사 미증유의 힘

이 실린 무형의 폭풍이 몰아치고 있는 듯한 느낌을 받았다. 그의 기세는 거대한 산 같기도 했고, 다시 보면 광활한 바다 같기도 했다.

그리바는 자신도 모르게 무릎을 꿇었다. 황제 앞에서도 머리를 숙이는 게 다였던 그였다. 그런 그가 무릎을 꿇는다는 것은 있을 수 없는 일이었다.

단순히 오우거의 험악한 기세에 겁이 나 무릎을 꿇은 것이 아니라, 그 스스로도 도저히 어찌할 수 없는 절대 강자에 대한 경외감이 그를 본능적으로 굴복하게끔 한 것이었다. 그것은 그리바의 부하들인 오크 군단장들 또한 마찬가지였다.

"호……, 혹시 당신은 드래곤이십니까?"

그리바가 간신히 용기를 내서 물었다. 그가 생각하기에, 한낱 오우거 따위가 자신을 이토록 철저히 굴복시킨다는 것은 불가능한 일이었다.

그러다 문득 한 가지 기억이 떠오른 것이었다. 대략 반 년도 더 지난 일이지만, 제국의 서쪽 끝에 위치한 도시 켈쿰에서 8황자 시카트가 드래곤에게 큰 봉변을 당하고, 황제에게 노예들의 해방을 간언했던 일이었다.

황제는 코웃음을 쳤고, 8황자 시카트는 그 이후로 황제의 눈 밖에 나서 멀리 변방으로 쫓겨나 버렸다. 그 일은 비밀로 부쳐져 있었지만 황궁에서 알만한 이는 다 알고 있었고, 당연히 황궁의 일을 손바닥 보듯 살피고 있는 그리바 역시 모를 리가 없었다.

당시 시카트는 켈쿰에 드래곤과 엘프의 수호 정령이 나타났으며, 그들이 오우거와 미노타우루스를 비롯한 거족들과 엘프 노예들을 석방하라는 경고를 황제에게 보냈다고 했다.

만일 그 경고를 무시하면 가만두지 않겠다고 했는데, 그 후로 반년이 지나도록 아무런 일도 벌어지지 않고 있어 그리바 역시 별달리 심각하게 생각하지 않고 있었다.

물론 트레네 숲에 커다란 교역 도시가 생기고 그곳으로 제국 서부에 위치한 일부 도시의 오크들이 왕래하며 교역을 하고 있다는 소문은 들었지만, 그 또한 그리바의 관심 밖이었다.

그런데 오늘 갑자기 나타난 오우거가 당시 드래곤이 했던 경고와 똑같은 경고를 했으니, 그로서는 당연히 지금 나타난 오우거가 그때의 드래곤이 아닐까 하는 우려가 들었던 것이다.

그리고 그러한 추측은 점차 확신으로 변했다. 그렇다. 드래곤이 아니고서야 어찌 이토록 강할 수 있다는 말인가?

저기 성 밖에서 우스꽝스러운 노란색 사각 하의를 입고 피처럼 붉은 도끼를 든 미노타우루스도 드래곤일 것이고, 오크들을 향해 가공할 마법 공격을 난사하던 엘프 역시 드래곤일 것이다.

그렇게 해야 이 상황이 설명된다. 그리바는 자신들이 애초부터 말도 안 되는 싸움을 하려 했음을 깨달았다. 죽었다 깨도 이길 수 없는 싸움이었다.

아까 흑발의 오우거, 그러니까 이 눈앞의 드래곤이 그냥 노예들을 풀어 달라고 좋게 말했을 때 무조건 그것에 응했어야 했다.

그러나 이미 지난 일에 아무리 후회를 해봤자 무슨 소용이 있을까? 그리바는 바닥에 머리를 쿵 하고 내리찍으며 목이 터져라 간청하는 것 외에는 방법이 없었다.

"크으으흑! 위대한 분이시여! 부디 저의 어리석음을 용서하시고 저의 죽음만으로 당신의 분노를 풀어 주시옵소서. 이 하리쿰의 오크들은 못난 아빼드를 만난 것 외에는 아무 죄가 없사옵니다……."

아빼드 그리바가 통곡하고 있었다. 그 뒤에 엎드린 오크 군단장들도 통곡했다. 성벽과 성내에 엎드린 모든 오크 병사들이 흐느꼈다. 아빼드 그리바가 자신들을 살리기 위해 목숨까지 내거는 모습에 오크들 모두가 비통에 젖어 있었다.

그렇게 오크들이 통곡하는 모습을 적풍과 오스느크, 다
프니는 두 눈을 크게 뜨고 지켜봤다. 지난 세월 그들을 그
토록 두렵게 했던 오크들이 두려워 떨고 있었다. 가히 절
대자라 여겼던 오크들의 아빼드는 엎드려 자비만을 구하
고 있었다.

적풍과 오스느크, 다프니의 가슴 속에 시원한 바람이 몰
아쳤다. 지금껏 답답하게 자신들을 누르던 억울함과 슬픔
의 찌꺼기들이 모두 그 시원한 바람에 쓸려 사라져버린 것
같았다.

늘 움츠렸던 오우거 적풍의 어깨에 힘이 들어갔고, 항
상 고개를 푹 숙인 채 땅만 보던 미노타우루스 오스느크의
목이 빳빳해졌으며, 서글픔만 배어 있던 엘프 소녀 다프니
의 푸른 눈이 도도하게 빛났다. 그들은 자신들이 저 위대
한 흑발의 오우거 무혼의 권속이라는 사실이 너무도 뿌듯
해 미칠 지경이었다.

그때 오우거 무혼은 그리바를 노려보며 잠시 고심에 잠
겨 있었다.

'부하들을 위해 목숨까지 내거는 장수라.'

아무리 봐도 죽여 없애기는 아까운 존재였다. 오크들은
무혼에게 있어 마족처럼 무조건적인 척살대상이 아니었

다. 마족이라면 이유를 불문하고 죽여 없애겠지만 말이다.

특히나 그리바나 오크 군단장들의 몸 어디에도 진원마기와 관련된 흔적은 없었고, 그것은 이 도시와 성도 마찬가지였다. 이는 적어도 이곳 하리쿰에는 마족의 마수가 뻗치지 않았다는 것이었다.

"나는 오늘 이곳 하리쿰을 점령한 것을 기점으로 오크 황제 크돌로르와 전쟁을 벌이려 한다. 그리바! 그대를 살려주면 나의 부하가 되어 크돌로르의 군대와 맞서 싸울 생각이 있는가?"

그러자 그리바가 고개를 갸웃하며 무혼을 쳐다봤다. 그는 순간적으로 무혼의 말이 무슨 뜻인지 이해하지 못한 듯 멍한 상태를 유지하다 이내 깜짝 놀란 표정을 지었다.

"췍! 위대하신 분이시여! 크돌로르 황제 폐하께서는 얼마 전 붕어하셨습니다. 당신께서 오크 제국에 분노한 것은 이해하오나 이제 당신의 분노를 감당할 만한 존재는 오크 제국에 없사옵니다."

"무엇이! 크돌로르가 죽었다는 건가?"

무혼은 뜻밖의 사실에 놀랐다. 완고한 고집불통의 오크 황제에게 제대로 된 경고를 날려 오크 제국 곳곳에 노예로 있는 엘프와 거족들을 트레네 숲으로 보내려 했는데, 황제가 죽었다면 일이 매우 난감하게 된 것이었다.

"취익! 그렇사옵니다, 위대하신 분이시여! 붕어하신 선황 폐하는 저의 스승이기도 했기에 만일 그분이 생존해 계신다면 저는 죽는 한이 있더라도 그분에게 칼을 들이밀지 않았을 것입니다. 하나 이제 제가 진심으로 충성을 바칠 만큼 위대한 존재는 오크 제국에는 없습니다. 이 미천한 놈을 위대하신 당신께서 거둬주신다면 죽는 그 순간까지 충성을 바치겠습니다."

그러자 언제 올라왔는지 노란 하의의 미노타우루스 포르티가 인상을 쓰며 말했다.

"쯧! 이거 매우 영악한 녀석이로군. 이렇게 충성을 바친다는 녀석을 죽이기는 뭐한데?"

"흐음! 그보다 이 녀석이 한 가지 착각을 하고 있는 게 분명해."

백색 로브의 엘프 아그노스도 망루 위에 올라와 있었다. 하긴 호기심 덩어리인 이 두 드래곤이 멀리서 구경만 할 리가 있겠는가.

아그노스는 그리바가 엎드려 있는 곳을 향해 걸어가더니 그 앞에 쭈그려 앉아 물었다.

"이봐? 너 쟤가 드래곤인 줄 아나 보구나?"

아그노스는 손가락을 들어 흑발의 오우거 무혼을 가리켰다.

"옛? 그, 그러니까 저는······."

급작스러운 질문에 그리바는 뭐라고 대답해야 할지 몰라 말을 더듬었다. 역시나 가까이서 보니 이 엘프로부터도 그가 감당할 수 없는 엄청난 기세가 느껴졌던 것이다. 그러한 그녀의 엉뚱한 질문에 뭐라고 대답해야 할지. 그로서는 전전긍긍하지 않을 수 없었다. 그 모습을 본 아그노스가 혀를 차며 말했다.

"쯧! 쫄 거 없다고. 이미 맞을 매는 다 맞았는데 여기서 누가 널 더 때리겠어? 안 그래?"

"그, 그렇습니까?"

더 이상 때리지 않는다는 말에 심히 안도하는 그리바였다. 물론 그는 실제로 두들겨 맞거나 한 것은 없었다. 그러나 성의 옹성이 박살난 것과 1천이 넘는 부하들이 전사한 것을 생각하면 그야말로 무참하게 두들겨 맞은 것과 진배없었다.

아그노스가 웃으며 말했다.

"후훗, 네가 잘 모르는 것 같아서 말해 주는 거야. 일단 저쪽에 이상한 노란색 사각 속옷을 입고 있는 녀석은 드래곤이 맞아. 물론 나도 드래곤이지. 그러니까 앞으로 최대한 우리 성질을 건드리지 않는 게 신상에는 편할 거야."

"춰, 췍! 위, 위대하신 분들을 뵈어 영광입니다."

그리바는 정신이 나갈 지경이었다. 물론 그가 이미 예상했던 바였지만 드래곤들의 입으로 자신이 드래곤이라 밝히는 상황까지 오자 그 놀라움은 이루 말할 수 없었다.

"그러나 저기 네가 충성을 바치겠다는 오우거 말이야. 그는 사실 인간이야. 인간이지만 드래곤인 나보다 비교할 수 없이 강한 불가사의한 존재에다가 트레네 숲의 위대한 로드이기도 하지. 그러니까 혹시라도 네가 어딘가 근질근질해 맞고 싶은 생각이 들거든 차라리 나나 저 포르티 녀석의 성질을 건드려. 그럼 적당히 만져줄 테니까. 절대로 저 무서운 오우거의 성질은 건드리지 말고 말이야. 알아들어?"

"췍! 아, 알아들었습니다."

대체 뭘 알아들었는지 모른다. 정신없이 얘기하는 아그노스의 말에 그리바는 그저 고개를 끄덕일 뿐이었다. 언뜻 기억나는 것은 저 흑발의 오우거가 사실은 인간이며, 그의 능력이 드래곤들에 비할 수 없이 강하다는 것이었다. 그야말로 믿기지 않는 일이지만 드래곤이 하는 말이니 믿지 않을 수 없었다.

그때 미노타우루스 포르티가 도끼를 어깨에 걸치며 삐딱한 표정으로 걸어왔다.

"어이? 그만하면 대충 설명이 된 것 같은데, 뭘 꾸물대고 있는 거냐? 빨리빨리 움직이지 못해?"

"예엣?"

험악한 포르티의 말에 그리바는 무슨 말이냐는 듯 어깨를 움츠렸다. 포르티가 다시 인상을 구기며 외쳤다.

"아까 무혼의 말을 못 들었냐? 어서 노예들을 모조리 풀어 줘야 할 것 아니냐? 그리고 저 너저분하게 늘어서 있는 사체들을 치우지 않고 뭣 하느냐? 부서진 옹성은 언제 보수할 것이냐? 그따위로 하면 네놈을 아빼드에서 당장 잘라 시장 거리에서 매 맞는 오크로 만들어 버리겠다. 네놈도 한 대씩 맞을 때마다 1노드랄씩 벌게 해 주랴? 엉?"

"취익! 그, 그러니까 지금 하려고……."

그리바가 눈치를 보며 말을 더듬었다. 그러자 이번에는 아그노스가 팔짱을 끼고는 코웃음을 치며 그를 노려봤다.

"흥! 뭐가 그러니까야? 드래곤의 말이 말 같지 않나 보네. 난 지저분한 건 질색이야. 빨리 이 성을 청소하지 않고 뭐하는 거야? 거기 뒤에 있는 녀석들 내 말이 말 같지 않니? 어서 빨리 움직이지 못해! 모조리 잘라줄까? 니들도 시장 거리에서 매 맞고 싶은가 보구나. 아니면 푸줏간에 거꾸로 매달아줄까?"

정령의 숲 도시의 카페에서 악덕 사업주로서 이름을 날렸던 드래곤들의 잔소리가 바야흐로 시작되는 순간이었다.

"크흐흐! 거기 성벽에서 엎드려 있는 놈들! 뭘 멀뚱히
쳐다보고만 있는 것이냐? 요령 피우지 말고 빨리 움직이
지 못하느냐? 살려 줬으면 일을 해야 할 것 아니야? 요령
피우는 녀석들은 모조리 추방이다! 일들을 하라고! 냉큼
일들을 하란 말이닷!"

"오호홋! 거기 성 밖에 모여 있는 너희들도 마찬가지야.
지금 즉시 지저분한 도시를 깨끗하게 청소하도록 해라. 뒷
골목까지 구석구석 쓸고 닦는다. 실시!"

드래곤들의 마수는 성안의 오크 병사들에게만 뻗친 것
이 아니었다. 성 밖에 진을 치던 오크 민병대들도 예외가
될 수 없었다.

사실상 하리쿰의 오크들 전체가 까다롭기 그지없는 두
드래곤들의 도시 보수 및 정화 작업에 동원되어 정신없이
뛰어다니기 시작했다.

무혼으로서는 굳이 말릴 이유가 없었다. 실은 오히려 권
장하고 싶은 부분이라 할 수 있었다. 이런 것이야말로 드
래곤 친구들을 두어 아주 편리한 점 중 하나였다.

"흠! 적당히들 해. 적당히. 그렇게 너무 몰아붙이면 왠
지 불쌍하잖아."

무혼은 빈말이지만 그래도 한 마디쯤 해 보았다. 포르티

와 아그노스는 즉시 고개를 끄덕였다.

"크흐흐! 모두들 들었느냐? 적당히들 해라. 너무 심하게 할 것 없다."

"오호호호! 맞아. 일은 적당히 대충대충 하는 게 좋은 거야. 살살 하라고. 살살~!"

그러나 오크들 중 누구도 적당히 대충대충 하는 이는 없었다. 저 말을 곧이듣고 일을 살살 했다간 어떤 봉변을 당할지 뻔히 알기 때문이었다.

'칙! 못 들은 척하고 죽도록 일하자.'

'취익! 미친 듯이 일해야 돼. 살살 했다간 죽는다.'

오크들이 이 지옥 같은 노역에서 해방되는 날은 드래곤들이 이 도시에 관심을 끄고 다른 곳으로 가는 때일 것이다. 그리바를 비롯한 오크들은 어서 그날이 오기를 손꼽아 기다리고 있었다.

무혼이 도시 하리쿰을 접수한지 십여 일이 지나는 동안 드래곤들은 지치지 않는 체력으로 오크들을 닦달해 도시를 정비하고 있었고, 그사이 풀려난 노예들은 성으로 모여들어 지금껏 받아본 적 없는 융숭한 대접을 받았다.

무혼은 적풍과 오스느크, 다프니에게 심어주었던 투혼을 그들에게도 심어 주었고, 더 이상 비굴한 노예가 아닌 트레네 숲의 일원으로서 당당하게 살아가라고 자신감을 불어넣어 주었다.

동시에 거족들에게 대력붕산권과 대력파산부법을 전수해 주고, 그것들을 연마시켰다.

이들은 처음 트레네 숲에서 무혼의 부하가 되었던 이들과 달리 거족으로서의 오만함이 거의 없었다. 노예로서 비굴하게 살았던 그들이 어찌 오만할 수 있으리오. 그들은 두 번 다시 노예가 되지 않겠다는 각오에 불타 있었고, 그러다 보니 스스로를 수련하는 것을 매우 당연하게 받아들였다.

그중에서 무혼이 예상했던 대로 붉은 머리털 오우거인 적풍의 자질이 단연 돋보였다. 적풍은 트레네 숲의 몬스터들 중 권법의 귀재라 할 수 있는 자이언트 오크 라개드와 쌍벽을 이룰 정도였다.

지금은 비록 적풍이 라개드에게는 뒤지겠지만, 언제고 덩치가 커지고 붉은 머리털 오우거로서의 무시무시한 괴력을 제대로 발휘하기 시작하면, 비슷한 수련을 했다는 가정 하에 라개드가 적풍을 당해내기란 쉽지 않을 것이다.

그러나 모든 건 두고 봐야 한다. 라개드가 가진 권법가로서의 투혼은 이제 갓 오우거로서의 정체성을 확립한 적풍에 비해 몇 배는 강력하기 때문이었다.

적풍 다음으로 자질이 돋보이는 몬스터는 예상대로 오스느크였다. 비록 부러지긴 했지만 황금 뿔을 가진 미노타우루스 오스느크는 무혼이 대력붕산권과 대력파산부법을 전수해 주자 미친 듯 수련에 몰두했다.

이로써 미노타우루스의 뿔이 부러진 것과 투혼의 유무는 아무런 관계가 없음이 증명되었다.

그렇게 거족들이 수련을 하는 동안 엘프들은 차분한 명상을 하면서 마음을 가다듬었다. 그들은 이제 엘리나이젤이 있는 트레네 숲으로 가서 다크 엘프로 각성을 하게 될 것이고, 언데드 엘프 장로들로부터 갖가지 마법이나 검법 등을 전수받게 될 것이었다.

그사이 실피는 하리쿰의 주변 도시에 무혼의 경고를 알리는 임무를 맡았다.

트레네 숲의 로드가 전하는 경고다!

모든 엘프 노예들과 거족 노예들을 풀어 주고, 그들이 트레네 숲으로 갈 수 있게 배려해 주도록 하라!

경고를 따르는 도시는 트레네 숲과 친구의 도시가 되지만, 따르지 않는 도시는 트레네 숲의 로드가 직접 방문해 끔찍한 대가를 치르게 해준다!

도시 하리쿰이 트레네 숲의 로드에게 점령되었다!

실피는 신 나게 돌아다니며 이러한 소문들을 퍼뜨렸다. 상급 정령이 된 그녀의 속도는 하급 정령 때와는 비할 수 없이 빨랐고, 곳곳에서 어슬렁거리는 하급 바람의 정령이나 중급 바람의 정령들까지 동원해 소문을 퍼뜨리니 소문은 급속도로 오크 제국 곳곳으로 확산되었다.

소문은 남쪽 코볼트 왕국들과 리자드맨 왕국들에도 전파되었다. 그곳 왕국들에도 적지 않은 엘프 노예들과 거족 노예들이 있었다.

무혼이 그러한 경고를 소문 낸 건 일종의 심리전이었다. 대부분의 오크 아빼드들은 코웃음 치며 경고를 무시하겠지만, 그래도 한편으로 하리쿰의 동정을 살펴볼 것이 틀림없었다.

그러다 조만간 무혼에 의해 몇 개 도시가 더 무참히 점령당하는 것을 보게 되면 그들은 두려워 떨게 될 것이고 결국 알아서 굴복하게 될 것이었다. 무혼은 그러한 공포심을 극대화시키기 위해서라도 앞으로의 징계 강도를 더욱 높여갈 생각이었다.

그리고 이제 슬슬 그 때가 되었다. 다음 목표한 도시는 하리쿰의 동쪽 가까이에 있는 도시 키크노스였다. 오크 3만 정도가 거주하며, 병력으로는 군단 하나가 존재한다고 했다.

"무혼, 트레네 숲에 루즈노드라는 교역 도시가 생겼다고 한다. 엘리나이젤이 그곳에 인간들과 몬스터들이 자유롭게 교역을 할 수 있는 교역도시를 건설한 모양이야."

무혼이 몬스터들에게 무공을 지도하는 동안 포르티가 그리바를 비롯한 오크들에게 그와 관련된 소문을 들었다고 했다.

무혼은 씩 웃었다.

"교역 도시라. 아무래도 식량 문제를 해결하기 위한 방편이었겠군. 생각보다 융통성이 있는 발상인걸?"

포르티가 고개를 끄덕였다.

"엘리나이젤은 지식으로 따지면 어지간한 드래곤들을 훨씬 능가하는 녀석이라고. 도시를 건설하는 일 따위는 녀석에게 아주 쉬운 일에 불과하지. 아마 앞으로 더한 것들도 만들어 낼 거야."

"후후, 그럼 시간을 내서 트레네 숲에도 한번 다녀와야겠군."

그사이 트레네 숲이 어떻게 변했는지 무혼으로서도 궁금하지 않을 수 없었다. 이곳에서 트레네 숲까지는 아득히 멀리 떨어져 있지만, 전마부운신법의 극성 성취를 초월한 무혼이 작정하고 경공을 펼치면 불과 이틀도 걸리지 않을 거리였다.

그때 포르티가 잠시 고심하는 듯하더니 말했다.

"그렇지 않아도 그 말을 하려고 했다. 이곳 하리쿰을 너의 도시로 접수했으니 앞으로 이곳과 트레네 숲이 왕래할 수 있도록 공간이동 마법진을 펼쳐두는 건 어떠냐?"

그 말에 무혼은 반색했다. 트레네 숲과 이곳 도시를 오가는 공간이동 마법진이 설치되면 엘프들과 거족들을 손쉽게 트레네 숲으로 보낼 수 있게 되지 않겠는가.

또한 무혼 역시 수시로 트레네 숲을 오가며 그곳의 동정을 살필 수도 있고, 유사시 마족이 트레네 숲을 공격한다 해도 즉각 대응이 가능할 것이다.

"그런 게 가능하다면 당장 만들어라. 누구나 자유롭게 왕복할 수 있는 큼직한 마법진으로 말이야."

무혼이 왜 진작 만들지 않았느냐며 나무라는 듯한 눈초리를 보이자 포르티는 발끈했다.

"이봐? 너 공간 이동을 한 번 하는데 마나가 얼마나 많이 소모되는지 아느냐?"

"상당히 많이 소모되는 것 정도는 알고 있다."

"흐흐! 그런데 그걸 대형 마법진으로 만들어서 누구나 자유롭게 왕래하게 만들려면 어느 정도의 마나가 필요할까? 엉?"

포르티가 노려보자 무혼은 움찔했다.

"하하, 그건 네가 더 잘 알고 있지 않으냐?"

"물론 나는 아주 잘 알고 있다. 하루에 한 명 정도가 열 번 정도 사용이 가능한, 아주 작은 마법진을 하나 만드는 데도 마정석이 최소한 하나는 필요하다. 그리고 네가 원하는 대형 포탈 마법진을 만들려면 마정석이 적어도 2백 개는 필요하겠지. 그런데 꼭 여기다가 그 많은 마정석을 처바를 이유가 있겠느냐? 마정석이 어디 굴러다니는 조약돌이라도 된다면 모를까 말이야."

무혼은 그제야 포르티가 인상을 구기는 이유를 알 수 있었다. 마법진을 만드는 건 어려운 일이 아닌데, 그것을 위해서는 마정석이 다수 필요하다는 게 문제라는 것이다.

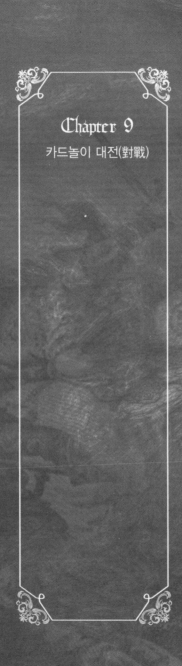

Chapter 9
카드놀이 대전(對戰)

"그러니까 마정석이 부족하다 이거군."

"뭐 부족한 건 아니야. 지난번에 네가 폴리모프 용도로 준 마정석 중 49개가 남아 있다. 그중 10개를 사용하면 대형 포탈 마법진은 아니어도 하루에 1백 번 정도 영구적으로 사용할 수 있는 소형 포탈 마법진은 만들 수 있다. 그거 정도면 충분하지 않겠느냐?"

"한 명이 하루에 1백 번 사용할 수 있다는 뜻이냐?"

"그렇지. 만일 백 명이 동시에 사용한다면 하루에 한 번밖에 사용할 수 없다는 얘기다."

"그럼 좀 더 큰 건?"

"마정석 50개 정도를 소모하면 5백여 번, 마정석 100개 정도를 소모하면 대략 천여 번으로 대폭 상승하게 된다. 그리고 만일 마정석 200개 정도가 있으면 사실상 거의 제한 없이 왕래가 가능하다고 할 수 있지. 그런데 그 귀한 마정석을 미쳤다고 그리 사용한다는 말이냐? 설령 마정석이 남아돈다고 해도 말이야."

"그런 그렇군."

포르티의 말을 듣고 보니 마정석을 200개나 들여 이곳 하리쿰에 대형 포탈 마법진을 만드는 건 정말 쓸데없는 짓이었다.

일단 그만큼의 마정석도 없을뿐더러, 설령 있다고 해도 그 마정석들을 아껴서 다른 유용한 데 쓰는 게 현명한 일이리라.

물론 공간이동 마법진은 꼭 필요하다. 유사시 무혼이 그곳 트레네 숲으로 이동하는 데 반드시 필요하기 때문이다.

그러나 꼭 대형 포탈 마법진이 있을 필요는 없다. 거족들과 엘프들을 트레네 숲에 보내는 것도 하루에 한꺼번에 다 보낼 필요는 없고, 매일 조금씩 보내도 되는 일이 아닌가?

그래서 무혼이 떠올린 것이 마법진을 두 개 만드는 것이었다.

하나는 오직 유사시 무혼이나 드래곤들이 사용할 수 있도록 비밀 장소에 초소형 마법진을 따로 만드는 것이었다. 포르티는 마정석 1개 정도를 소모해 마법진을 만들면 하루에 최대 열 번 정도 사용이 가능하다고 했다.

그리고 다른 하나는 마정석 10개 정도를 들여서 하루에 백 번 정도 사용이 가능한 소형 포탈 마법진을 만드는 것이었다. 물론 마법진의 하루 사용 횟수가 한정되어 있는 만큼 마법진의 이용은 담당자를 두고 철저히 관리해야 하리라.

"일단 그렇게 두 개를 만들어라. 마정석은 내가 또 구해주지."

"알았다. 대신 시간이 약간 걸릴 거야. 일단 이곳 성에서 마법진을 만들기에 적당한 장소를 찾은 후, 트레네 숲에서도 또 적당한 곳을 찾아야 하거든."

"좋아. 그럼 부탁한다."

포르티가 마법진을 만드는 작업을 하는 동안 무혼은 모처럼 마정석을 좀 더 구해놓기로 했다. 그는 곧바로 아빼드 그리바를 불렀다.

"췩! 부르셨사옵니까, 로드."

여전히 천사같이 착해 보이는 엘프로 변신해 있는 드래곤 아그노스 밑에서 혹독한 도시 정화 작업을 하고 있던 그리바는 무혼이 면회(?)를 신청하자 신이 나서 달려왔다.

"이봐, 혹시 용맹의 투혼에 대해 들어본 것이 있나?"

일단 마정석을 구하기에 앞서 차원의 보주를 만드는 재료 중 하나인 용맹의 투혼에 대해 물어보았다. 혹시 그리바가 알고 있나 싶어서였다.

"척! 그건 탈랜도에서 내려오는 허황된 전설 중 하나입니다."

"탈랜도의 허황된 전설?"

"그렇습니다."

무혼은 놀랐다. 차원의 보주를 만들기 위한 재료 중 하나인 용맹의 투혼이 오크 제국의 동쪽에 있는 탈랜도 지방의 전설 중 하나였다는 말인가?

"그에 대해 자세히 말해 보아라."

"저도 들은 얘기지만 거칠고 황무한 탈랜도 지방 곳곳에는 험한 관문으로 이루어진 고대 지하 유적들이 간혹 발견되는데, 그곳들 어딘가에서 고대 오크 용사의 투혼이 깃든 눈알 모양의 구슬을 발견할 수 있다는 전설이 있습니다."

무혼은 예전 켈쿰에서 카듀와 라칸이 탈랜도에 대한 환상을 가지고 있는 것을 봤기에, 그렇지 않아도 탈랜도가 어떤 곳인지 궁금하긴 했다.

그런데 용맹의 투혼이 그곳 유적 어딘가에 있는 전설 중 하나라니 뜻밖이었다. 또한 용맹의 투혼은 구슬의 형태로 존재하는 모양이었다.

"탈랜도에 고대 유적들이 꽤 있나 보군?"

"유적들은 매우 많은 걸로 알고 있습니다. 하지만 솔직히 용맹의 투혼은 어디까지나 이야기를 꾸며내기 좋아하는 놈들이 지어낸 헛소리일 가능성이 높습니다. 꿈 많은 젊은 오크들 중에서 그것을 찾아보겠다며 탈랜도로 모험을 떠난 녀석들이 있다 했지만 아직 그걸 찾아낸 녀석은 없었지요. 천 년 전에 웬 인간이 드래곤과 함께 그걸 얻었다는 전설도 있지만 그 또한 허무맹랑한 얘기일 뿐입니다."

천 년 전의 웬 인간과 드래곤이라면 틀림없이 필리우스와 드래곤 로드 푸르카일 것이다. 당시 필리우스도 차원의 보주를 만들기 위해 용맹의 투혼을 구했을 것이고, 그것이 오크들에게는 전설처럼 회자되어 내려오는 듯했다.

'용맹의 투혼이 탈랜도의 유적에 있는 건 분명해.'

그리바는 허황된 전설이라 했지만 무혼은 탈랜도의 유적 어딘가에 용맹의 투혼이 있으리라 확신했다.

문제는 탈랜도가 매우 넓은 지역이라는 것. 투박한 지도로만 대충 가늠해 봐도 트레네 숲보다 가히 수십 배 이상

넓은 광대한 땅인 것이다.

그 방대한 곳에 숨겨진 유적들을 모조리 뒤지려면 얼마나 많은 시간이 소모될지 모를 일이었다. 아그노스는 오크들을 족치면 쉽게 얻을 수 있으리라 했는데, 실제로 용맹의 투혼을 구하기란 쉽지 않아 보였다.

그래도 일단 탈랜도의 유적 어딘가에 있다는 단서라도 발견했으니 다행이 아닌가? 무혼은 조만간 직접 탈랜도의 고대 유적들을 뒤져보리라 결심했다.

무혼은 다시 그리바를 바라보며 말했다.

"가능한 한 류그주를 많이 구해 와라. 모크라드주나 모캐스주도 마찬가지다. 최대한 많을수록 좋다."

"췩! 맡겨 주십시오, 로드."

그리바는 이게 웬 신 나는 일이냐는 듯 밝은 표정으로 후다닥 달려갔다. 사실 아빼드인 그리바가 술이나 구하러 다니다니, 이전 같으면 생각도 못 해볼 일이었다.

그러나 그리바는 신이 나 있었다. 술을 구하러 다니는 게 마녀 엘프 드래곤 아그노스 밑에서 도시 정화 노역을 하는 것보다 백 배는 나은 일이니까. 도대체 길바닥을 방바닥처럼 깨끗하게 할 이유가 뭔지.

'그나저나 술값이 꽤 들겠군.'

류그주는 오크들이, 모크라드주는 리자드맨들이, 모캐

스주는 코볼트들이 좋아하는 술로 모두 매우 비싸게 거래가 되고 있는 귀한 술들이었다.

그러나 하리쿰의 재정은 넉넉한 터라 그런 술을 아무리 많이 구한다 해도 별다른 부담이 되지는 않았다.

무혼으로서도 그리바에게 그러한 명령을 내린 것은 전혀 무리한 일이 아니었다. 도시 켈쿰과 달리 이곳 하리쿰은 무혼이 점령한 도시였다. 이곳의 모든 재산은 무혼의 것이나 다름없는 것이다.

물론 그렇다 해서 무혼은 오크들의 재산을 마구 약탈하고 세금을 징수해 오크들을 못살게 굴 생각은 없었다. 비록 유혈 사태를 벌여 점령을 하느라 다소 못마땅한 구석은 있지만, 일단 오크들이 굴복을 한 이상 그들도 무혼의 권속들이라 할 수 있으니까.

"칙! 로드, 술들을 구해 왔습니다. 류그주는 모두 상급의 품질이지요. 크헤헤!"

그리바는 불과 반나절도 안 되어 수레에 술들을 잔뜩 실어왔다. 모두 고급 철제 병에 담겨져 있었는데, 류그주 328병, 모크라드주 32병, 모캐스주 26병이었다.

"수고했다. 앞으로도 이 술들이 있으면 계속 사 모으도록 해라."

무혼은 그리바를 칭찬하고는 곧바로 주머니에서 노움 주릅 인형을 꺼내 땅바닥에 내려놓았다.

그러자 인형이 쑥쑥 커지더니 갈색 머리를 가진 소년 로이트로 변했다. 로이트는 무혼을 쳐다보다 두 눈을 부릅뜨고 놀랐다.

"으엉? 오……우거?"

무혼은 여전히 흑발의 오우거로 폴리모프되어 있는 상태였다. 포르티가 무혼을 인간으로 되돌렸다가 다시 오우거로 폴리모프하려면 마정석이 또 든다고 했기 때문이다. 마정석도 아낄 겸 무혼은 당분간 오우거 상태로 지내기로 했다.

그러다 보니 노움 주릅이자 땅의 중급 정령인 소년 로이트가 놀랄 수밖에 없었던 것이다.

"로이트, 지금은 내가 오우거로 잠시 변해 있으니 걱정 말거라."

"헤헤! 그러고 보니 무혼 님이시군요. 그동안 안녕하셨어요?"

"후후, 그래. 오랜만이구나."

"항상 그렇지만 저는 늘 잠들어 있다 보니 시간이 얼마나 흘렀는지 몰라요. 다만 배가 많이 고픈 걸 보니 벌써 고용 기간이 지난 건 분명해요."

"고용 기간?"

"잊으셨나요? 저의 고용 기간은 육 개월이었다고요. 계속 저와 거래를 하시려면 한 달에 마정석 1개를 지불하셔야 해요."

그러고 보니 고용 기간이라는 것이 있었다. 츠베르크에게 보증금조로 마정석 2개를 주고, 추가로 마정석을 6개 선불로 지급했던 무혼이었다.

그런데 그동안 육 개월이 훨씬 더 지나버렸으니 다시 추가로 마정석을 내야하는 게 당연했다.

무혼은 쓴맛을 다시며 마정석 12개를 지불했다.

"옜다! 일 년 치를 선불로 미리 주마."

"헤헤! 고마워요. 앞으로 일 년 동안 더욱 열심히 하겠어요. 이제 저와 마정석 거래를 하실 건가요?"

"물론이다. 오늘도 술을 잔뜩 준비해 왔단다."

"그럼 잠깐만 기다리세요."

로이트는 곧바로 큼직한 탁자 하나를 흙으로 빚어냈다. 무혼은 그 탁자 위에 류그주 등을 산처럼 쌓아 놓았다. 로이트의 두 눈이 휘둥그레졌다.

"와아! 오늘은 정말 많군요."

"모두 마정석으로 교환이 가능하겠느냐?"

"물론이죠. 일단 품질을 살펴보겠어요."

로이트는 산더미처럼 쌓인 술들을 하나하나 유심히 살펴보기 시작했다. 물론 그렇게 살펴보는 시간이 마치 바람처럼 신속해 무혼은 그리 오랜 시간을 기다리지 않아도 되었다.

"모크라드주와 모캐스주는 보통의 품질인데, 류그주는 모두 상급 품질이군요. 병당 마정석 2개씩 쳐 드릴 수 있겠어요. 그래서 도합 마정석 714개 여기 있어요."

"고맙구나."

항상 그렇지만 노움 주릅과의 거래는 화끈할 정도로 신속했다. 무혼은 마정석들을 챙겨 넣으려다 힐끗 로이트를 쳐다봤다. 혹시라도 로이트가 지난번처럼 또 도박을 하자고 할까 싶어서였다.

아니나 다를까, 로이트는 심히 망설이는 모습이었다. 지난번에 갬블링을 하자고 덤볐다가 마정석을 대거 잃었던 것을 기억한 것일까? 그래서인지 섣불리 다시 갬블링을 제의하지는 못했다.

"거래가 끝났으면 다시 인형으로 돌아가거라."

그러자 로이트가 도발적인 눈빛으로 무혼을 노려보더니 말했다.

"그 전에 저랑 갬블링 한 판 어때요?"

"그래? 이번에는 종목이 뭐냐?"

무혼은 담담한 미소를 지으며 물었다. 그러자 로이트가 48장으로 되어 있는 카드를 보여주며 말했다. 12가지 종류의 그림들이 각 4개씩 비슷한 쌍을 이루고 있는 특이한 카드였다.

"이 카드놀이로 저와 승부를 겨루는 거예요. 방식을 말씀드리자면……."

카드놀이 방식은 매우 특이했다. 각자 일정 개수의 카드를 손에 쥐고, 서로 순서대로 깔려 있는 카드와 히든 카드를 뒤집으며 비슷한 종류의 짝을 맞추는 방식이었는데, 특정 점수 이상을 획득하면 승리할 수 있었다.

점수를 많이 내면 낼수록 보다 많은 마정석을 가져갈 수 있으며, 상대의 점수나 카드가 특정 조건에 미치지 못하면 거기서 두 배 혹은 몇 배 이상의 점수를 가산하게 되어 엄청난 마정석을 딸 수 있게 되는 것이었다.

"이봐? 이건 완전히 도박이 아니냐? 단순히 놀이라고 보기에는 너무 심한걸?"

무혼이 못마땅한 눈빛으로 노려보자 로이트는 싱글거리며 대답했다.

"헤헤! 그냥 놀이라고 생각하고 하시면 된다고요. 어려운 거 없어요. 일단 첫판은 그냥 재미로 하는 거니 부담 갖지 마세요. 그럼 제가 먼저 할게요."

먼저 하는 사람이 카드를 섞는 특이한 방식이었다. 무혼은 시큰둥한 눈빛으로 고개를 끄덕였다.

"어쨌든 시작해 보거라."

"그럼 행운을 빌게요."

로이트는 시작부터 깔려 있는 카드 중 광(光)이라 불리는 것들을 두 개나 쓸어 갔다. 그런 식으로 시작된 카드놀이는 로이트의 일방적 승리로 끝났다.

로이트가 의미심장하게 웃으며 말했다.

"헴! 무혼 님은 광박에 피박이군요. 게다가 나는 쓰리고이니, 도합 288점이네요. 만일 진짜로 했으면 무혼 님은 제게 마정석 288개를 주셔야 했어요."

"그렇군."

무혼은 씁쓸히 웃으며 고개를 끄덕였다. 한 판을 해 보고 나니 이 특이한 카드놀이가 엄청난 도박성을 지니고 있음을 체감할 수 있었다.

"그럼 이제 시작할까요?"

"흠. 글쎄다?"

무혼이 고심하는 표정을 짓자, 옆에서 머리를 긁적이며 지켜보고 있던 그리바가 무혼을 향해 눈을 빛내며 말했다.

"칙! 로드! 이 카드놀이에는 제가 일가견이 좀 있습지요. 제게 맡겨주시면 마정석을 따드리겠습니다. 판돈으로 마정석 100개만 주십시오."

그리바가 워낙 자신 있게 말을 하는 터라 무혼은 한번 믿어보기로 했다.

"좋아. 너무 무리할 건 없어. 적당히 두 배 정도만 따면 된다."

"크흐흐! 열 배로 따드릴 테니 염려 마십시오."

무혼이 허락하자 그리바는 신이 나 있었다. 로이트는 무혼 대신 오크 아빼드 그리바가 나서자 당황한 듯 잠시 인상을 찡그렸으나 이내 의미심장한 미소를 지으며 고개를 끄덕였다.

"뭐 상대는 누구라도 상관없어요. 그럼 시작할까요?"

"크흐흐! 얼마든지."

그렇게 노움 주릅 로이트와 하리쿰의 아빼드 그리바와의 카드놀이 대전(對戰)이 시작되었다. 무혼은 둘의 대전을 유심히 지켜봤다.

승부는 오래 지나지 않아 결정되었다. 도합 3판을 했는데 첫 번째 판과 두 번째 판을 그리바가 연속으로 이기며 30여 개의 마정석을 획득하는가 싶더니, 마지막 3번째 판에서 광박에 피박이 어쩌고를 당함과 동시에 가지고 있던 마정석을 모조리 털리고 말았던 것이다.

"크으으! 이, 이럴 수가!"

그리바는 분한 듯 눈을 부릅뜨고 로이트를 노려봤다. 로이트는 오연히 웃으며 말했다.

"헤헤! 당신은 실력이 없는 건 아닌데 운이 좀 없었군요. 아니, 제가 운이 좀 좋았달까요? 너무 실망하지 마세요. 기회는 또 있다고요."

뭔가 위로의 말을 건네는 것 같았지만 그것이 그리바에게는 조금도 위로가 되지 못하는 듯했다. 열 배로 따주겠다고 큰소리쳤다가 이게 무슨 꼴인가?

그리바는 힐끔 고개를 돌려 흑발의 오우거 무혼의 눈치를 봤다. 무혼의 인상은 매우 언짢은 듯 일그러져 있었다.

'칙! 주, 죽었구나.'

그리바는 자신이 왜 공연히 나서서 마정석을 따주겠다고 했는지 후회가 되어 미칠 지경이었다.

그러나 그보다 더욱 그리바를 두렵게 한 것은 어느새 무혼의 뒤에 와서 팔짱을 낀 채 한없이 싸늘한 눈초리로 그를 노려보고 있는 노란 속옷의 미노타우루스와 백색 로브의 엘프였다.

그들은 물론 드래곤 포르티와 아그노스였다. 둘 다 무혼이 뭔가 신 나는 일을 벌이는 듯하자 하던 일들을 제쳐 두고 달려온 모양이었다.

"크흐흐! 그리바! 지금 네놈이 피 같은 마정석 100개를 날려먹은 것이냐?"

"흥! 그리바! 네가 아주 간이 배 밖으로 나왔구나."

드래곤은 다른 것에는 초연해도 유독 마정석에 약하다. 포르티와 아그노스는 그중에서도 더욱 심한 편이었다. 그들에게 마정석 100개를 도박으로 잃은 그리바는 결코 용서할 수 없는 철천지원수나 다름없었다.

그리바는 두 드래곤들의 잡아먹을 듯한 눈초리를 대하고 울상을 지었다. 그로서는 두 드래곤의 분노를 감당할 자신이 없었다. 그는 곧바로 무혼을 쳐다보며 사정했다.

"크으윽! 로드! 한 번만 만회할 기회를 주십시오. 100개만 더 주시면 기필코 제가……."

순간 무혼의 두 눈에서 섬뜩한 한기가 번뜩였다. 마정석 100개가 뉘 애 이름인가? 그로서는 그리바가 하도 자신 있게 나서길래 기회를 줘본 것인데, 설마 이런 식으로 뒤통수를 맞을 줄은 몰랐다.

"닥쳐라! 당장 저쪽으로 가서 물구나무서기 자세를 취한다. 실시!"

"크헉!"

그리바는 후다닥 달려가 두 손을 짚고 거꾸로 서기 자세를 취했다. 무혼이 인상을 구기며 그를 노려봤다.

"그만두라고 할 때까지 몇 날 며칠이고 그 자세로 있어

라. 조금이라도 움직이거나 또 쓸데없는 소리를 지껄이면 푸줏간에 거꾸로 매달아 버리겠다."

"크허억! 그것만은 제발!"

악덕 드래곤스러운 협박을 무혼도 한번 해 본 것이었다. 과연 효과는 있었다. 그리바는 그 신세는 되고 싶지 않았는지 입을 꽉 다문 채 양팔에 힘을 집중했다.

"헤헤! 그럼 이젠 누가 나설 생각이시죠?"

로이트가 그리바에게 딴 마정석들을 기분 좋게 만지작거리며 물었다. 그러자 포르티가 두 눈을 반짝이며 무혼을 쳐다봤다.

"그러고 보니 이 카드놀이는 나도 좀 할 줄 안다. 내가 저 건방진 정령 놈의 마정석을 모조리 따주마."

무혼으로서는 처음 보는 카드놀이였는데 오크뿐 아니라 드래곤도 할 줄 아는 것이었던가? 이로이다 대륙에서는 꽤 통용되는 놀이였나 보다.

"포르티, 네가 나서겠다는 거냐?"

"그래. 판돈으로 마정석 200개만 다오."

"무슨 200개씩이나? 그냥 100개 정도로 하지그래."

무혼이 입을 쩍 벌리자 포르티는 피식 웃으며 말했다.

"저 녀석이 제법 카드를 돌릴 줄 아는 놈이라 그만한 판돈은 있어야 승부를 볼 수 있단 말이다. 설마 나를 못 믿는 거냐? 크흐흐! 열 배로 따줄 테니 염려 말고 당장 200개를 내놔라. 그럴 리는 없겠지만 만일 내가 지면 저 오크 녀석처럼 벌을 서마."

또 그놈의 열 배인가? 무혼은 왠지 미심쩍었지만, 포르티가 마치 자신의 것을 내놓으라는 듯 손을 내미는 것이었다. 무혼은 한숨을 내쉬며 고개를 끄덕였다.

"좋아. 너를 믿어보마."

"크흐흐! 물론이다. 드래곤으로서의 자존심을 걸고 저 녀석을 묵사발로 만들어 버리겠다."

포르티는 자신만만한 표정으로 마정석 200개를 들고 로이트 앞에 앉았다. 로이트는 괴상한 노란 하의를 입은 미노타우루스가 자신의 앞에 앉자 일순 당황했으나 이내 다시 의미심장한 미소를 지었다.

"헤헤! 드래곤과 카드놀이를 하다니 영광이군요. 그럼 시작할까요?"

"크흐흐! 냉큼 카드를 돌리지 않고 뭐 하느냐?"

포르티가 키득거리며 재촉했다. 그렇게 땅의 정령 로이트와 드래곤 포르티간의 카드놀이 대전이 시작되었다.

그러나 포르티는 큰소리치던 바와 달리 다섯 판을 내리지면서 200개의 마정석을 모조리 털리고 말았다. 그는 믿을 수 없다는 듯 온몸을 부들부들 떨었다.

"크으으! 말도 안 돼. 이건 사기야."

포르티가 인정할 수 없다는 듯 로이트를 사납게 노려봤다. 그는 당장이라도 로이트를 후려칠 기세였다.

그때 무혼의 싸늘한 음성이 포르티의 귓전을 때렸다.

"포르티, 추한 태도 보이지 마라. 네가 졌다."

"미, 미안하다. 한 번만 더 기회를……."

포르티의 말에 무혼의 두 눈에서 섬뜩한 한기가 폭사되었다.

"단 한 판도 못 이겨 놓고 기회는 무슨 기회라는 말이냐? 이제 네가 말한 것에 책임을 져라."

포르티는 만일 자신이 질 경우 그리바와 같은 벌을 서겠다 말했었다. 포르티는 울상을 지었다. 드래곤으로서의 체면이 있지 어찌 물구나무서기 벌을 선다는 말인가?

"무, 무혼, 정말 해야 되냐?"

"흥! 물론이다. 약속은 약속 아니냐?"

무혼이 단호히 말하자 포르티는 어쩔 수 없다는 듯 달려가 그리바의 옆에서 거꾸로 서기 자세를 취했다. 오크에 이어 미노타우르스가 그 자세로 벌을 받고 있으니 그 또한 진풍경이 아닐 수 없었다.

"흥! 바보 같은 녀석들! 이따위 쉬운 게임 하나 제대로 못 하고 정령석을 몽땅 털렸단 말이야? 무혼! 마정석 200

개만 내놔봐. 내가 저 정령 녀석의 마정석을 모조리 털어 주겠어."

엘프 아그노스가 의기양양한 표정으로 손을 내밀었다. 무혼은 눈을 가늘게 뜨며 그녀를 노려봤다.

"너, 정말 자신 있는 거냐?"

"호호호! 물론이야. 왕년에 내가 카드놀이는 좀 했거든. 드래곤들 중에 최고의 솜씨를 가진 내가 저깟 정령 하나 못 이기겠니?"

"만일 지면 너도 저 꼴이 된다. 각오는 되어 있느냐?"

무혼은 물구나무서기를 하고 있는 그리바와 포르티를 가리키며 험상궂은 표정으로 말했다. 아그노스는 일순 흠 칫했지만 이내 코웃음 치며 고개를 끄덕였다.

"흥! 물론이야. 대신 내가 따면 마정석을 반으로 나누기 야."

"좋아. 그럼 어디 해 봐라."

무혼은 마정석 200개를 아그노스에게 건넸다. 미노타우 루스 드래곤에 이어 엘프 드래곤까지 등장하자 로이트는 더욱 흥미진진하다는 표정을 지으며 싱글거렸다.

"헤헤! 아름다운 엘프 드래곤과의 카드놀이라니, 정말 영광이에요."

"빨리 카드나 돌리거라."

아그노스가 싸늘히 로이트를 노려보며 말했다. 짐짓 큰 소리치고 나서기는 했지만, 만일 지면 그리바와 포르티처럼 꼴사나운 벌을 서야 하기에 그녀는 내심 바싹 긴장하고 있었다.

'지면 무슨 망신이야? 반드시 이겨야 해.'

아그노스는 정신을 바싹 차리고 카드를 살폈다. 승리를 위해서는 그녀가 쥐고 있는 카드와 바닥에 깔려 있는 카드를 토대로 상대의 카드를 예측하는 것이 필수였다.

히든 카드를 뒤집고, 놀이가 지속될수록 더더욱 그 작업이 빠르고 정확하게 이루어져야 하며, 또한 단호한 결단도 필요했다. 이 카드놀이에서는 과욕을 부리며 점수를 높이다가는 자칫 고박이라는 것을 맞을 수도 있기 때문이다.

신중한 그녀는 7점을 획득하자 곧바로 승리를 선언했다.

"후훗! 여기까지!"

첫판은 아그노스의 승리로 마정석 7개를 획득했다.

"오호호! 나의 승리야!"

다음 판도 그녀의 승리로 마정석 8개를 획득했다.

"호호! 마정석을 내놔라."

세 번째 판도 그녀의 승리로 다시 마정석 12개를 획득했다. 그렇게 도합 27개의 마정석을 딴 아그노스는 무혼에게 의기양양한 미소를 지어 보였다.

"무혼, 보고 있니? 내가 계속 따고 있는 거 말이야."

"시작이 좋군. 그렇게 끝까지 잘해 봐라."

오우거 무혼의 표정이 상당히 부드러워져 있었다. 그러나 네 번째 판이 진행되는 순간 그의 표정은 점차 굳어지더니 이내 다시 험악하게 변했다.

"헤헤! 제가 이겼네요. 에헴! 흔들고 피박에 광박에 멍박이라. 거기에 포고까지……. 아하하하! 뭐 점수를 세는 게 의미가 없군요."

로이트는 싱글거리며 아그노스의 마정석을 모조리 쓸어가 버렸다. 아그노스가 신 나게 몇 판 이긴다 싶더니 결국 단 한 판에 마정석을 모조리 날린 것이었다.

"아그노스! 이게 너의 실력인 것이냐?"

무혼의 음성에는 한기가 펄펄 배어 있었다. 아그노스는 여전히 충격에 벗어나지 못한 듯 멍한 표정으로 앉아 있다 문득 무혼을 쳐다보며 호호 웃었다.

"무혼! 너 마정석 214개 남았지? 그걸로 내가 다시 해 볼게. 응? 부탁이야. 이번에는 정말로 잘할……."

그러나 그녀는 이내 말을 그치고 시무룩한 표정을 한 채 그리바와 포르티가 벌을 서고 있는 곳으로 향해야 했다. 오우거 무혼의 두 눈에서 섬뜩한 한기 정도가 아니라 가공할 살광(殺光)이 폭사되었기 때문이다.

'치잇! 친구끼리 너무하잖아. 그깟 마정석 200개 가지고…… 흑!'

아그노스는 뭔가 서럽다는 표정을 지었다. 그러나 만일 거꾸로 누군가 그녀의 마정석 200개를 이런 식으로 날렸다면 절대 '그깟' 이란 말을 할 리 없다. 그녀야말로 그 누군가를 잡아먹으려고 했을 것이 분명하니까.

아무튼 그렇게 오크 아뻬드 하나와 드래곤 둘이 물구나무를 서고 있는 기괴한 상황이 벌어졌다. 그 모습을 로이트가 짐짓 딱하다는 듯 바라보며 말했다.

"이거 너무 미안한걸요? 오늘 내가 운이 좀 좋았나 봐요. 하하."

"흠. 정말 마지막까지 운이 좋은지는 두고 봐야겠지. 카드를 돌려라."

무혼이 남아 있는 마정석 214개를 꺼내 놓으며 로이트의 앞에 앉았다. 그렇게 땅의 정령 로이트와 흑발의 오우거 무혼이 벌이는 최후의 대전이 시작되었다.

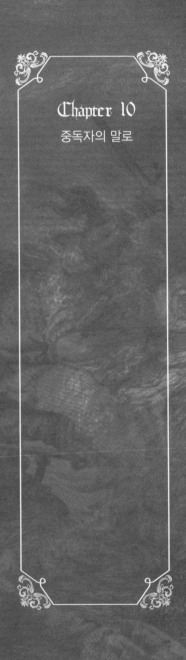

Chapter 10
중독자의 말로

"무혼! 지금이라도 관둬라. 그놈은 절대 못 이겨!"

"췍! 로드! 그 땅의 정령은 사기꾼이 분명합니다."

"흥! 놈은 선수라고! 무혼 너는 해봤자 털리기만 할 거야. 차라리 내게 다시 기회를 주는 게 좋을걸? 이번에는 잘할 수 있어. 정말이야!"

물구나무를 선 채로 떠들고 있는 드래곤 둘과 오크 하나. 그들은 무혼이 로이트와 판을 벌이자 우려의 목소리를 높이고 있었다.

무혼은 힐끗 시선을 돌려 살벌한 눈초리로 그들을 노려봤다.

"조용히 해라. 계속 시끄럽게 떠들면 거기서 한 팔을 더 들게 하겠다."

그러자 포르티 등은 순식간에 조용해졌다. 그들의 자세에서 한 팔을 떼면 한 손으로 물구나무를 서야 할 것이다. 그것은 매우 곤혹스러운 일이었다.

"노파심으로 말하건대 마법이나 주술 같은 잔수작을 부려 손쉽게 벌을 서려 했다간 지금 강도의 백 배쯤 되는 벌을 서게 될 것이다."

무혼의 이런 협박도 이어졌기에 드래곤들은 마법을 펼쳐 몸을 가볍게 하거나 일루전의 환영으로 벌을 서는 척하는 등의 잔수작을 부릴 수가 없었다. 주술 전사인 아삐드 그리바 역시 마찬가지였다. 그들은 모두 순수한 체력으로 벌을 서는 중이었다.

뭐 그래도 그들은 명색이 드래곤이며 또 오크 최강의 무장 중 하나인 터라 이까짓 벌쯤은 별것 아니라는 듯 잘 버티고 있긴 했다. 다만 무혼의 말대로 그것이 몇 날 며칠 지속되면 체력적으로 힘든 것보다 심심하고 무료해서 정신적으로 미칠 지경이 될 것이었다.

삭! 사사삭―

그때 로이트가 신속하게 카드를 돌렸다. 무혼은 담담히 자신의 패를 살펴보고는 이내 로이트의 두 눈을 쏘아봤다.

'후후, 츠베르크! 잘도 내 친구들을 농락했겠다. 그런 잔재주가 내게도 통할 수 있다 생각했다면 실로 크나큰 착각이야.'

지난번에도 이미 파악했지만 무혼은 로이트의 뒤에 땅의 최상급 정령인 츠베르크가 있음을 알고 있었다.

사실 고작 중급 정령인 로이트가 노련한 오크 아빼드와 드래곤 둘을 가지고 놀 만큼 뛰어난 심리전을 구사하기란 불가능했다.

순진해 보이는 로이트의 얼굴 뒤에서 능구렁이 같은 츠베르크가 키득거리며 카드놀이를 하고 있는 것이었다.

"에헤헤! 첫판은 제가 이겼네요."

그때 로이트가 12점을 획득하며 승리했다. 무혼은 담담히 웃으며 고개를 끄덕였다.

"역시 너는 운이 좋구나. 그럼 계속 해 보거라."

"예. 이번에는 무혼 님께도 행운이 있길 바라죠."

로이트는 의미모를 기이한 미소를 지으며 카드를 돌렸다. 그런데 두 번째 판도 로이트가 또 승리했다. 무려 46점을 획득하며 말이다. 그로써 무혼은 벌써 58개의 마정석을 잃은 상황이었다.

"제길! 또 지다니……."

무혼은 짐짓 침통한 표정을 지었다. 로이트는 신이 나서

싱글거렸다.

"헤헤! 뭐 질 때도 있는 거죠. 운이 좋으면 이길 수도 있
는 것이고요."

"약 올리지 말고 카드나 돌려라."

"알았어요. 하하하."

로이트는 해맑은 표정으로 카드를 돌렸다. 그러나 자세
히 그의 두 눈을 살펴보면 또다시 해봤자 자신이 이길 것
이라는 자신감이 가득 배어 있음을 알 수 있었다. 무혼의
입가에 차가운 미소가 맺혔다.

'그럼 슬슬 시작해볼까?'

로이트는 상상도 못 할 것이다. 심검의 경지에 이른 무
혼의 확장된 감각은 48장의 카드 각각이 움직이는 동선을
모조리 파악하고 있기에, 지금 로이트가 들고 있는 카드는
물론 히든 카드의 순서까지 낱낱이 기억하고 있음을 말이
다.

로이트가 카드를 돌리기 전 가히 빛살처럼 빠른 속도로
카드를 섞었지만, 그래봤자 무혼의 눈에는 가소로울 뿐이
었다.

예전에 접시에 주사위를 담아 돌릴 때는 주사위를 보지
않고 로이트의 눈을 보고 속임수를 알아냈지만, 지금은 그
와 달리 판의 모든 것이 무혼의 시야에 있었다.

착! 차악!

잠시 후 무혼이 카드를 내리치며 외쳤다.

"흠, 처음으로 내가 이겼군. 도합 16점이구나."

"헤헤! 축하드려요."

자신이 좋은 카드를 쥐고 있음에도 무혼에게 패배하자 로이트는 고개를 갸웃했다.

그러나 그럴 수도 있다는 생각에 그는 싱긋 웃었다. 그냥 무혼의 운이 좋았다 여긴 것이다. 또한 고작 16점 정도라 별다른 부담을 느끼지 않은 것도 있었다.

그런데 그의 불행은 그때부터 시작이었다. 이 카드놀이는 이긴 사람이 카드를 돌리는 룰이었다. 무혼의 손에 카드가 들어가기 시작하자 모든 것이 무혼의 의도대로 되었다.

로이트가 쥐는 카드는 물론 오픈 카드 모두가 무혼이 골라놓은 것이었다. 심지어 히든 카드의 순서도 마찬가지였다.

무혼은 로이트가 의심하지 않도록 짐짓 좋은 카드를 쥐어 줬지만 오픈되어 있는 카드와 히든 카드의 모든 순서가 로이트에게 불리하게 작용하게끔 만들었다. 결과적으로 로이트는 무슨 수를 써도 이길 수 없는 상황이었다.

어떻게 보면 그야말로 고도의 사기로 볼 수도 있지만,

무혼은 무슨 마법을 펼친 것도 아니고, 그저 확장된 초감각을 통해 상황을 유리하게 만든 것이니, 사실상 사기라고 볼 수도 없었다.

그보다 애초부터 무혼에게 이런 카드놀이를 제안한 츠베르크가 실로 어리석다고 봐야 했다. 지금 상황은 마치 어린아이가 오우거에게 팔씨름을 하자고 덤비는 것이나 다름없었다.

'으으! 이, 이럴 수가!'

판이 진행될수록 로이트는 도무지 상황을 이해할 수가 없었다. 분명히 자신은 매우 유리한 카드로 게임을 시작했는데, 이상하게 계속 패배하고 있었던 것이다.

물론 간혹 로이트가 이길 때도 있었다. 그러나 로이트가 이기면 무혼이 금세 다시 이겼고, 그 이후로는 무혼이 대여섯 판을 이긴 후 로이트가 한 판을 이기는 식이었다.

그렇게 어느덧 수십여 판이 지났을 때, 무혼의 앞에는 그동안 포르티 등이 잃었던 마정석들이 수북이 쌓여 있었다. 대충 세어보니 9백여 개 정도로 오히려 무혼이 200개 가까이 딴 상황이었다.

로이트의 표정은 일그러져 있었다. 그때 무혼이 손에 쥐고 있던 마지막 카드를 던지며 담담히 말했다.

"이번 판은 무승부구나."

"헤헤! 이런 걸 나가리라고 하죠. 다음 판에 꽤 볼만하겠는걸요?"

'나가리'라는 것은 판이 끝날 때까지 둘 다 점수를 내지 못해 무승부로 결정이 났다는 뜻이었다. 로이트가 말한 룰에 의하면, 이러한 경우 다음 판에서 점수가 두 배로 늘어난다고 했다.

"그보다 이제 그만 하는 게 어떠냐? 왠지 너의 운은 다 하고, 나의 운이 강세인 듯한데 말이야."

정말로 선수라면 이런 상황에서는 꼬리를 내리고 물러날 줄 알아야 한다. 적어도 자신이 감당할 수 없는 고수를 알아보는 눈이 있다면 말이다. 그러나 로이트는 그것과는 거리가 멀었다.

"우하하하! 설마 여기서 끝내시려는 건 아니겠죠? 마정석을 몇천 개 정도 땄으면 모를까 고작 2백 개 정도 따고 관두는 건 너무 쫀쫀한 거라고요."

"그렇다면 계속 하겠다 이거냐?"

"물론이죠. 어서 카드를 돌려주세요."

로이트의 두 눈이 광기 비슷한 빛을 띠며 번들거리기 시작했다. 물론 그것은 츠베르크의 눈빛이었다. 상황이 급박해지자 이제는 그가 본색을 드러내기 시작한 것이다. 술과 도박에 중독된 정령의 전형적인 모습이랄까?

'흠. 어쩔 수 없군. 츠베르크! 모든 건 네가 자초한 것이다.'

적당히 끝낼 수 있는 기회를 주었음에도 여전히 탐욕을 부리고 있는 츠베르크를 징계하기 위해 무혼은 작정하고 제대로 판을 만들기로 작정했다.

"그나저나 너 판돈은 있느냐?"

무혼은 카드를 뒤섞으며 불쑥 물었다. 현재 무혼의 앞에는 마정석 8백여 개가 수북하게 쌓여 있지만 로이트의 앞에는 불과 몇십 개가 전부였던 것이다.

그렇다면 무혼이 아무리 많은 점수를 내봤자 고작 몇십 개를 획득하는데 그치고 말 것이다. 반대로 무혼이 지게 되면 8백여 개까지 잃을 수 있으니 이는 무혼에게 매우 불리하다고 할 수 있는 것이었다.

그러자 로이트가 기이한 미소를 지으며 말했다.

"헤헤헤! 저의 판돈은 츠베르크 님이 보증하시니 신경 쓰지 마세요. 무혼 님이 얼마를 따든 마정석을 모두 지불할 수 있답니다."

"흠, 과연 그럴 수 있을지 두고 보겠다."

무혼은 의미심장한 미소를 지으며 카드를 돌렸다. 그는 매우 천천히 카드를 뒤섞었고, 로이트에게 카드를 던져주는 것도 아주 느릿하게 했다. 그러나 이미 그가 원하는 판은 완벽하게 구성된 터였다.

"자, 시작하자. 일단 나는 두 번 흔들었다."

"흐!"

전판 나가리에 두 번 흔들고 시작이라? 왠지 심상치 않은 느낌에 로이트는 긴장했지만 그 정도야 별거 아니라는 식으로 이내 코웃음 쳤다. 그러나 판이 진행될수록 그의 얼굴은 굳어졌고, 급기야 나중에는 사색이 되고 말았다.

"흐에엑! 이, 이건 정말 마, 말도 안 되는……!"

부릅뜬 눈으로 판을 내려다보고 있는 로이트는 마치 석상이라도 된 듯 경직되어 있었고, 어느새 물구나무서기 자세로 은근슬쩍 다가와 판을 구경하고 있던 포르티 등도 입을 찢어져라 벌렸다.

단연코 그들이 지금껏 이 카드놀이를 하면서 한 번도 본 적 없는 기괴한 승부가 나 있었다.

'취, 취익! 전판 나가리에 두 번 흔들었고 피박에 광박, 멍박이라면 저게 대체 몇 점이냐?'

오크 그리바는 계산이 안 된다는 듯 고개를 갸웃거렸고 포르티는 열심히 점수를 계산 중이었다.

'그러니까 고를 여덟 번이나 했으니……!'

'어머! 세상에! 이런 가공무쌍한 점수가 날 수도 있구나. 정말 존경스럽다……, 무혼!'

아그노스는 이미 계산을 끝낸 듯 경외감이 가득 담긴 눈빛으로 무혼을 바라보고 있었다.

258,048점!

이는 로이트가 말한 카드놀이의 룰에 따라 정확히 계산된 점수였다. 무려 25만 점이 넘다니! 이것이 어찌 카드놀이 한 판에서 나올 수 있는 점수라는 말인가?

'후후, 이건 좀 너무 심했나?'

무혼은 싹쓸이할 요량으로 판을 구성하며 이토록 많은 점수가 날 거라고는 물론 생각했었다. 단순히 판을 쓸어서 나오는 점수가 문제가 아니라 그에 적용되는 무지막지한 배수들이 엄청난 것이니까.

도박은 이래서 무서운 것이다. 도박하면 패가망신을 한다는 말이 공연히 나온 것이겠는가.

무혼이야 애초부터 도박을 한 것이 아니라 당연히 이길 수 있는 놀이를 했을 뿐이지만, 그저 몇 가지 그럴듯한 요령으로 도박을 벌였던 츠베르크에게는 재앙이 임한 것이었다.

"흠, 그럼 마정석 25만 8천 개만 받도록 하마. 나머지 48개는 개평이다."

무혼이 로이트를 쏘아보며 말했다. 그러자 로이트가 풀죽은 모습으로 머리를 긁적였다.

"……죄, 죄송하지만 그만한 마정석은 없는데요."

물론 무혼은 익히 예상하고 있던 바였다. 츠베르크가 아무리 거대한 마정석 광산을 가지고 있다지만, 그 귀한 마정석을 25만 개도 넘게 가지고 있을 리는 없었다.

25만 개는커녕 그 십 분의 일이라도 되는 마정석이 있어도 실로 대단한 수준이 아니겠는가.

그때 포르티가 물구나무서기 자세 그대로 로이트를 노려보며 외쳤다.

"네 이놈! 마정석이 없다니! 아까 네놈은 분명 무혼이 얼마를 따든 마정석을 주겠다 하지 않았느냐? 설마 이제 와서 마정석이 없다고 발뺌하려는 것이냐?"

"흥! 그것은 절대 있을 수 없는 일이야. 도박을 했으면 책임을 져야지. 없으면 만들어서라도 가져오지 못하느냐?"

포르티와 아그노스로서는 자신들을 이렇게 꼴사나운 모습으로 벌을 서게 만든 로이트에 대한 감정이 좋을 리가 없다.

감히 드래곤들을 털어먹은 정령이라니.

그래도 정당한 승부라 생각했기에 결과에 승복하며 벌을 서고 있는 것이 아닌가?

그런데 정작 로이트는 자신이 지고 나자 마정석이 없다

면서 머리를 긁적이며 무마하려 하고 있었다. 그들로서는 어찌 화가 머리끝까지 나지 않을 수 없겠는가. 그것은 물론 오크 아빠드 그리바 역시 마찬가지였다.

"취익! 이 미친 정령 놈아! 로드의 마정석을 냉큼 내놓지 못하겠느냐?"

그리바는 물구나무 자세 그대로 정령을 향해 대도를 휘두를 기세였다.

그렇게 두 드래곤과 오크 하나가 자신을 잡아먹을 듯 노려보자 로이트는 울상을 지었다.

"흐엉! 저는 몰라요. 츠베르크 님께 여쭤 보라고요. 저는 그냥 시키는 대로 한 것밖에는 없어요."

급기야 소년 정령 로이트는 울먹이기 시작했다. 그러나 그는 이내 포르티 등의 부리부리한 눈빛을 마주하고는 울음을 뚝 그쳐야 했다. 두 드래곤과 오크의 표정이 더욱 험악하게 변했기 때문이다.

"닥쳐라. 운다고 봐줄 줄 아느냐?"

"흥! 실컷 딸 때는 정말 좋아하더니 말이야."

"취익! 고약한 정령 놈! 지고 나니 엄살이냐?"

그러자 로이트는 무혼을 향해 구원의 눈초리를 보냈다. 그러나 무혼은 동정은커녕 되려 살벌한 눈빛으로 로이트를 노려보는 것이었다.

"어찌할 텐가, 츠베르크!"

순간 로이트가 흠칫했다.

"츠베르크라니, 무슨 말씀을? 저는 로이트인데요."

그러자 무혼은 싸늘히 웃었다.

"이미 알고 있으니 쓸데없이 두말 하게 만들지 마라, 츠베르크. 이제 그대가 할 일은 마정석 25만 8천 개를 내 앞에 내려놓는 것이다."

그 말에 로이트가 땅이 꺼져라 한숨을 내쉬며 무혼을 쳐다봤다. 로이트의 모습이 변하더니 짙은 갈색의 그림자 형상으로 변했다. 그것은 다름 아닌 츠베르크의 모습이었다.

츠베르크가 고개를 숙이며 말했다.

"크……, 크헤헤! 이렇게 분신을 통해 인사드려 송구스럽군요. 그보다 마스터께서 저의 정체를 이미 알고 계신 줄은 몰랐습니다. 정말 눈치도 빠르시다니까. 크헤헤!"

말투를 보니 츠베르크는 상당히 취해 있었다. 그를 향한 무혼의 시선이 차가워졌다.

"내가 그 정도도 모를 것이라 생각했나? 날 너무 바보로 보는군. 어쨌든 지금은 그게 중요한 게 아니야. 이제 마정석 25만 8천 개를 어찌할 건지 말해 보라."

"그, 그러니까……, 결론적으로 말씀드리자면 그만한 마정석은 제게 없지요. 크헤헤! 다 털어봐야 몇만 개 수준일 뿐이라."

몇만 개라. 마정석이 몇만 개나 있었다는 것인가? 그것만으로도 사실 엄청나다 하지 않을 수 없었다.

무혼은 무심한 눈빛으로 고개를 끄덕였다.

"정확히 몇만 개가 있다는 건가?"

"대……, 대략 8만 개 정도 될 겁니다."

"그럼 8만 개를 지금 당장 내놔라. 또한 나머지 17만 8천 개를 어떤 식으로 갚을지도 말해야겠지."

츠베르크가 머리를 긁적이며 웃었다.

"크……, 크헤헤헷! 뭐! 뭐, 물론 갚아야죠. 걱정하지 마십쇼. 안 떼어먹습니다. 이래봬도 제가 가진 마정석 광산은 매우 방대하고 넓거든요. 아직 발굴되지 않은 마정석이 얼마나 되는지 모르지만 17만 8천 개는 충분히 될 겁니다. 암요. 그러니 싹 가져가시라고요."

"마정석 광산을 내게 넘기겠다는 건가?"

"뭐 그렇지요. 크헷! 앞으로 마정석 광산의 주인은 마스터이십니다. 그러니까 마스터는 이제 이로이다 대륙 최고의 부자가 되신 거죠. 크흑! 염병할."

"그 광산은 어차피 차원의 보주를 구하면 내 것이 될 것이었다. 그대 또한 나의 가디언이 될 것이었고 말이야."

츠베르크는 고개를 흔들었다.

"크헤헤헤! 뭐 굳이 그때까지 갈 필요도 없을 것 같습니다. 이 츠베르크! 지금부터 마스터의 가디언이 되겠습니다. 한 판에 전 재산을 털린 게 억울하긴 하지만 그래도 어쩌겠습니까? 아무튼 이 츠베르크는 당신을 마스터로 인정하겠습니다! 크하하하! 어때요? 기분 좋으십니까?"

술에 취해 계속 횡설수설하는 츠베르크였다. 무혼의 표정은 더욱 차가워지고 있었다.

"츠베르크! 그대가 나를 마스터로 인정하든 말든 오늘 승부를 통해 마정석 광산은 나의 것이 되었다. 그리고 이제 알거지가 된 그대를 나의 가디언으로 고용할지 말지는 나의 뜻에 달린 것이지, 그대가 하고 싶다고 되는 것이 아니다. 그대 말고도 나의 마정석 광산을 맡아줄 충실한 가디언들은 얼마든지 있으니 말이야."

그러자 포르티와 아그노스의 두 눈이 휘둥그레졌다. 그들의 뇌리에는 일순 자신들이 산처럼 쌓여 있는 마정석 위에서 낮잠을 자거나, 마정석 가루를 뿌려 목욕을 하는 등 각종 황홀한 장면들이 스쳐 갔다. 곧바로 그들은 서로 늦을세라 빠르게 외쳤다.

"크흐! 나다! 다른 건 몰라도 마정석 광산 운영은 아주 기막히게 할 수 있다. 무혼!"

"호호! 내게 맡겨줘. 저따위 술과 도박에 미친 정령보다는 내가 훨씬 더 잘할 수 있을 거야."

순간 츠베르크가 깜짝 놀라며 몸을 떨었다.

'크으! 지금 무슨 일이 벌어지고 있는 건가?'

방대한 마정석 광산의 주인으로 이로이다 대륙을 통틀어 가장 부요했던 그는, 이제 자칫하면 완전히 알거지가 되어 길거리에 나앉을지도 모른다는 두려움에 술이 확 깨지 않을 수 없었다.

"크흐흑! 제가 미쳤나 봅니다, 마스터. 두 번 다시 술과 도박을 하지 않겠습니다. 부디 저를 내치지 말아 주십시오."

츠베르크는 납작 엎드려 간청했다. 마정석 광산은 사실 그의 모든 것이나 마찬가지였다. 그리고 그는 본래부터 술과 도박에 미쳐있던 정령은 아니었다.

천 년이 넘는 오랜 세월을 새로운 주인을 기다리던 중 무료함에 빠져 도박을 즐기다 보니 중독이 된 것이었고, 술 또한 그 와중에 늘었던 것이다.

"마……, 마스터시여! 저는 진심으로 뉘우치고 있습니다. 저를 가디언으로 두시면 여러모로 유용한 데가 많이 있을 것입니다. 저를 거둬주시면 수천이 넘는 땅의 정령들이 로드께 충성을 바칠 것입니다. 녀석들은 건축은 물론이고 농사에도 일가견이 있으니 로드께선 영원히 집이나 식량 걱정은 하지 않으셔도 될 것입니다."

'흠.'

애초부터 버릇을 고치려 했던 것이지 작정하고 츠베르크를 내칠 생각은 없었던 무혼이었다. 술에서 깨어난 츠베르크의 두 눈은 여전히 흐릿했지만 그래도 진심이 어려 있었다.

"뉘우치는 듯하니 일단은 두고 보도록 하겠다."

츠베르크의 안색이 환해졌다.

"크헤헤헷! 그럼 저를 가디언으로 받아주시는 것입니까?"

무혼은 고개를 끄덕였다.

"그보다 앞으로는 술과 도박 말고 다른 건전한 취미를 좀 찾아보는 게 어떠냐?"

"물론 도박은 끊으려 합니다. 대신 염치없지만 술은 조금만 마시면 안 되겠습니까요? 부탁이니 하루에 류그주 한 병 정도만 허락해 주십시오."

술이라면 환장을 하는 츠베르크였던지라 이 와중에도 하루에 술 한 병은 꼭 마시겠다며 간청을 하고 있었다. 무혼은 냉랭하게 고개를 흔들었다.

"네가 카드놀이를 도박이 아닌 건전한 놀이로 즐기고, 술도 적당히만 마신다면 누가 뭐라 하겠느냐? 하지만 너는 이미 너무 중독되어 있어 지금은 그게 불가능하다. 앞으로 삼 년 동안은 괴롭더라도 그동안의 행실을 뉘우치는 근신의 기간으로 삼도록 해라."

"예, 마스터. 명대로 하겠습니다."

츠베르크는 넙죽 엎드리며 대답했다. 그로서는 삼 년 동안 술을 마시지 못한다는 것이 매우 괴로운 일이었지만, 그래도 영원히 마시지 못하는 것보다는 나은 일이었다.

그렇게 무혼에게는 땅의 최상급 정령인 츠베르크가 가디언으로 합류했고, 이로이다 대륙 최대의 마정석 광산도 무혼의 소유가 되었다.

그사이 오크 아빼드 그리바는 여전히 눈치를 보며 벌을 서고 있었지만, 무혼이 마정석을 되찾고 나자 드래곤들은 당연하다는 듯 벌서기를 중지했다.

"크흐흐! 축하한다, 무혼. 너는 이제 최고의 부자가 되었구나. 나 마정석 천 개 만줘라."

"호호호! 나도. 마정석 천 개만 줘. 친구 좋다는 게 뭐니?"

무혼이 마정석 광산의 소유주가 되었다고 다짜고짜 달려와 손을 내미는 드래곤들이었다. 무혼은 흔쾌히 고개를 끄덕였다.

"츠베르크, 이들에게 마정석을 천 개씩 주도록 해라."

"흐억! 그 말 진심이십니까?"

츠베르크가 입을 쩍 벌렸다. 마정석 천 개가 뉘 애 이름인가? 그것도 각각에게 천 개씩 주려면 무려 2천 개나 필요하다. 아무리 마정석 광산의 소유주라지만 친구들이 달라고 한다고 이렇게 퍼주는 건 좀……

그래도 츠베르크는 마스터의 명령을 거역할 수 없어 즉시 마정석 2천 개를 꺼내 포르티와 아그노스에게 각각 천 개씩 건네주었다.

"옛소! 받으시오. 마정석 천 개씩이오. 복이 터졌군. 켈켈!"

그 상황에 포르티와 아그노스는 깜짝 놀랐다. 그들은 그냥 농담으로 말해본 것인데 무혼이 실제로 마정석을 천 개씩 주니 당황하지 않을 수 없었다.

"무혼! 이게 무슨 짓이냐? 나는 그냥 농담을 한 것이다."

"맞아. 농담도 못 하겠네. 필요 없으니 도로 가져가."

그러자 무혼은 씩 웃으며 말했다.

"선물이니 부담 갖지 말고 받아라. 너희들도 내게 정령석을 아무 대가없이 주지 않았느냐? 마정석이 너희들에게 필요한 거라면 앞으로도 얼마든지 더 줄 수 있으니 부족하면 또 말해라."

예전에 무혼이 정령석이 필요하다고 했을 때 포르티 등은 각각 7, 8백 개 정도 되는 정령석을 무혼에게 조건 없이 내밀었다. 물론 정령석이 드래곤들에게는 필요 없는 것이라 해도 정령들에게는 마정석보다 훨씬 귀한 보물인 만큼 그 가치는 엄청난 것이라 할 수 있었다.

포르티와 아그노스가 어깨를 으쓱하며 웃었다.

"짜식! 그런 걸 또 기억하고 있을 줄이야. 아무튼 그렇다면 고맙게 받도록 하지. 하지만 천 개는 너무 많아. 선물로는 2백 개만 받겠다. 나머지는 앞으로 각종 마법진을 펼치는 데 사용하마."

포르티에 이어 아그노스도 말했다.

"나도 선물로는 2백 개면 충분해. 나머지 8백 개로는 틈틈이 네게 마법 무구를 만들어 주겠어. 네가 사용해도 좋고 나중에 부하들에게 나눠줘도 될 거야."

"마법 무구?"

무혼이 묻자 아그노스가 빙긋 웃었다.

"마정석이 있으면 각종 강력한 마법 무구를 만들 수 있거든. 검이나 방어구에 마법을 부여하거나 혹은 갖가지 물건에도 유용한 마법을 깃들여 마법 도구를 만들 수 있어."

"오! 너 그런 것도 할 줄 알았느냐?"

"후훗, 그런 건전한 취미가 한둘 정도는 있어야 드래곤으로서의 무료한 삶을 견딜 수 있지 않겠니. 네게 빌려준 마법서들 중에 그와 관련된 책도 많으니 나중에 읽어보며 연구해 보도록 해."

"그것참 흥미로운 얘기로군."

무혼은 빙그레 웃었다. 그때 아그노스가 그녀의 아공간에 마정석들을 집어넣고는, 몇 가지 물건을 꺼내 무혼에게 내밀었다.

"자! 받아, 무혼. 네게 딱 어울리는 것들이야. 선물을 받았으니 나도 이걸 줄게."

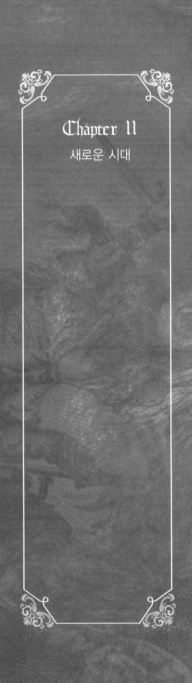

Chapter 11
새로운 시대

"이게 뭐냐?"

무혼이 받은 건 상의와 하의 한 벌씩, 그리고 신발이었다. 특징이 있다면 모두 흑색이라는 것!

"네가 입고 있는 그 우스꽝스러운 속옷 하의처럼 이것들도 신체 크기에 따라 자유자재로 늘어나는 것들이니 입기는 편할 거야. 네게는 거의 불필요한 기능이겠지만 웬만한 최상급 수준의 마법 공격이나 물리 공격에는 끄떡도 하지 않는 실드 마법도 펼쳐져 있어."

"하하, 고맙다."

그렇지 않아도 이 거대한 오우거의 몸체에 맞는 옷이 없어 남세스러운 붉은색 속옷 하의 차림으로 다니고 있었던 무혼으로서는 반색할 만한 선물이었다.

신체 크기에 맞게 옷이 저절로 늘거나 줄어든다고 하니 조만간 다시 인간으로 돌아가거나 혹은 오크로 변신할 때도 옷 걱정은 하지 않아도 될 것이다.

무혼은 즉시 그것들을 입었다. 먼저 상체에 상의를 두르자 그것은 쑥 늘어나더니 거대한 오우거의 근육질 몸체에 딱 맞춰졌다. 하의와 신발도 마찬가지였다.

그로 인해 흑발의 오우거 무혼은 아주 화려하게 번쩍이는 흑색의 맞춤옷을 입은 듯 멋들어진 모습으로 화했다. 조금 전의 붉은 속옷 하의 차림의 우스꽝스러운 모습은 어디에서도 찾아볼 수 없었다.

오우거이지만 전혀 오우거답지 않은 잘생긴 얼굴. 거기에 번쩍이는 흑색 옷까지 입으니 인간이나 엘프 여성이 봐도 한눈에 반할 정도다.

"으엉? 아그노스! 나도 그런 거 하나 주면 안 되겠냐?"

오우거 무혼의 멋들어진 옷차림을 보고 포르티가 문득 부러워 견딜 수 없다는 듯 아그노스를 쳐다보며 졸랐다. 그러자 아그노스는 어이가 없다는 듯 그를 노려봤다.

"이봐? 포르티! 너도 옷을 잔뜩 가지고 있잖아."

"그런데 내가 만든 건 대부분 속옷뿐이라서……."

마법이 깃든 무구나 도구를 제작하는 능력은 포르티에게
도 있었다. 그러나 그의 취향은 독특해서 이상한 속옷 같은
것만 줄기차게 만들어 댔다. 무혼에게 주었던 붉은 삼각 속
옷 하의도 그렇고, 그가 지금 입고 있는 노란색의 반짝이는
사각 속옷 하의도 그중 하나였다.

"흥! 그러게 누가 그런 변태 같은 것들만 만들래?"

"변태라니! 내가 만든 속옷들이 예술적 가치가 얼마나
높은 것인데 그런 말을 하느냐?"

"흥! 예술은 개뿔!"

아그노스는 못마땅한 표정으로 아공간을 뒤적이다가 붉
은색의 옷과 신발을 꺼내 포르티에게 내밀었다.

"받아! 그 꼴이 보기 싫어 특별히 주는 거야. 아껴서 소
중히 입도록 해."

"흐흐, 고맙다."

우스꽝스러운 노란 속옷 차림의 미노타우루스 포르티를
보는 것도 고역이었다. 그런 포르티가 붉은색 옷을 입으니
확실히 달라 보였다. 멋쟁이 미노타우루스의 탄생이었다.

"매직 미러!"

마법의 거울을 소환해 자신의 모습을 비춰본 포르티는
흡족한 미소를 지었다.

"흐흐흐! 뭐 이 정도면 제법 봐줄만 하군."

그때 무혼이 포르티와 아그노스를 보며 말했다.

"그보다 이제 슬슬 움직여봐야겠다. 용맹의 투혼은 탈랜
도 지방의 고대 유적들을 뒤져야 발견된다고 하니, 앞으로
는 동쪽으로 도시들을 점령해나가며 탈랜도를 향해 이동할
생각이다."

포르티가 끄덕였다.

"흐음! 그럼 트레네 숲으로 통하는 마법진은 시간상 조
금 미뤄야겠군. 그보다는 새로 점령할 도시들을 연결시키
는 마법진들부터 만드는 게 우선이겠어."

하리쿰을 무혼이 장악한 이상 엘프들과 거족들을 트레네
숲으로 보내는 것은 그리 급한 일이 아니었다. 그들은 이제
더 이상 오크들의 노예가 아닌 상전 대접을 받으며 잘 지내
고 있기 때문이다.

무혼이 말했다.

"일단 키크노스에 경고를 보내야겠다. 순순히 항복을 하
고 노예들을 방면하겠다면 굳이 피를 볼 필요는 없겠지만,
저항을 한다면 강도 높은 징계를 할 생각이야."

"크흐! 좋은 생각이다. 가급적 무섭고 끔찍한 소문이 들
려야 다른 도시의 오크들이 앞다투어 항복을 하지 않겠느
냐?"

"호호! 맞아. 그게 장기적으로 피를 덜 보는 길이기도 하

지."

그러자 여전히 물구나무 자세를 취하고 있던 그리바가 기다렸다는 듯 대답했다.

"칙! 로드! 키크노스라면 제게 맡겨주십시오. 키크노스의 아빼드 굴탄은 제가 아주 잘 아는 녀석입니다. 제가 가서 놈의 다리를 부러뜨려서라도 설득을 시키지요."

그리바는 오우거 무혼에 의해 키크노스에 가혹한 피바람이 불지 않았으면 하는 심정이었기에 자발적으로 나선 것이었다.

그 말에 무혼이 고개를 끄덕였다.

"그렇다면 굳이 피를 볼 일은 없겠지. 너는 이제 그만 일어서도록 해라."

"옛! 감사합니다, 로드."

드디어 벌을 면제받은 그리바는 안도의 한숨을 내쉬었다.

*   *   *

도시 키크노스는 하리쿰에 비해 작은 규모의 도시였지만, 도시 전체가 하나의 거대한 성처럼 요새화되어 있는 곳이었다.

도시의 외벽 바깥으로 해자가 파여 있었고, 안쪽으로는 일정 간격으로 수많은 망루도 세워져 있었다.

또한 도시 안쪽으로 간격을 두고 세 겹이나 되는 성벽이 원형으로 둘러져 있었는데, 안쪽으로 갈수록 성벽의 높이가 높아져, 외부의 적이 중앙의 내성(內城)까지 격파하기 위해서는 많은 피해를 감수해야 할 것이었다.

그런 만큼 키크노스의 아뻬드 굴탄은 서쪽 도시 하리쿰이 트레네 숲의 로드에게 점령당했다는 소문에도 요지부동이었다.

그는 당연히 트레네 숲의 로드에게 굴복하겠다는 생각도 없었고, 엘프들과 거족 노예들을 방면하겠다는 생각은 더더욱 없었다.

특히나 그는 제29 군단의 군단장으로, 지금은 선황의 붕어 이후 동대륙에서 가장 강력한 군세를 확장하고 있는 3황자를 지지하고 있기도 했기에 자긍심이 대단했다.

그렇기에 하리쿰이 트레네 숲의 로드에게 점령당했다는 소문을 들어도 그는 눈 하나 깜빡하지 않고 오히려 키크노스의 방어 태세를 강화하고 있었다.

"칙! 아뻬드! 하리쿰의 아뻬드 그리바 님이 방문하셨습니다."

한 백부장의 급박한 외침에 굴탄은 깜짝 놀랐다.

"추익! 그리바 님이 정말로 오셨다는 말이냐?"

"췍! 예. 저길 보십시오."

백부장은 멀리 도시의 서문을 가리켰다. 그곳은 내성에 있는 굴탄의 집무실 창문으로도 잘 내다보이는 곳이었다.

과연 보통의 오크보다 머리 하나는 큰 덩치의 오크가 그의 애병인 푸른 대도를 지팡이 삼아 오연히 서 있는 모습이 보였다.

'정말로 그리바 님이군.'

오크 제국의 개국 공신이며 선황제 크돌로르의 총애를 받던 무장이었고, 지금도 여전히 제국에서 세 손가락 안에 드는 강력한 실력을 지닌 무장이 바로 그리바다. 그런 만큼 그의 모습을 보자 굴탄은 가슴이 철렁하지 않을 수 없었다.

그러나 그보다 그를 더욱 혼란스럽게 한 것은 그리바의 뒤쪽에 서 있는 흑발의 오우거와 붉은 옷을 입은 미노타우루스, 그리고 백색 옷을 입은 엘프 때문이었다.

'저 뒤에 오우거와 미노타우루스는 뭔가? 엘프도 그렇고. 혹시 그리바 님의 노예들인가?'

만일 평소라면 그렇게 생각해도 무방할 것이다. 아뻬드 그리바라면 혼자서 오우거와 미노타우루스 노예들을 대동하고 다녀도 이상할 것이 전혀 없기 때문이다.

그러나 지금은 하리쿰이 점령당했다는 소문이 무성했다.

소문 정도가 아니라 이미 부하들을 보내 은밀히 살펴보기도 했던 터라, 굴탄은 하리쿰이 트레네 숲의 로드에게 점령당했고, 그곳의 노예들이 모두 풀려난 사실도 확인한 터였다.

그리고 믿기지 않는 소문이지만, 그 트레네 숲의 로드가 흑발의 오우거라는 말도 있었기에, 왠지 가슴이 서늘해지지 않을 수 없었다.

'틀림없어. 저 오우거도 그렇고, 미노타우루스와 엘프도 그렇고, 모두 다 노예라고 보기에는 너무 당당한 모습이다.'

특히나 그들이 입고 있는 옷이 매우 화려하고 멋졌다. 오크 황궁의 황제나 황후라 해도 저와 같이 멋진 옷을 입지는 못할 텐데.

'저들이 노예라면 저런 멋진 옷을 입을 리 절대 없다.'

여러 가지 정황으로 미루어보건대 굴탄은 그리바가 저뒤의 오우거와 미노타우루스 등의 협박을 받아 자신을 만나러 온 것이라 짐작했다.

"일단 그리바 님을 들라 해라. 뒤의 오우거 등은 절대 진입시켜서는 안 된다. 만일 놈들이 들어오려 한다면 가차 없이 활과 투창을 날리도록 하라."

"예, 아빼드."

백부장은 즉시 달려갔고, 굴탄 역시 그리바를 맞으러 나갔다. 같은 아빼드라 해도 그리바는 굴탄에게 있어서 공경의 대상이기 때문이다.

한때 굴탄은 그리바의 밑에서 주술과 대도술을 배우기도 했었기에 사실상 그리바는 굴탄의 스승이라 할 수 있었다. 비록 지금은 서로 다른 정치 노선을 걷고 있지만 말이다.

"굴탄, 네 이놈! 내가 왔으면 빨리 튀어나올 것이지 왜 이렇게 꾸물대느냐?"

그리바는 굴탄을 보자 호통을 치며 다가왔다. 굴탄은 흠칫 놀랐지만 이내 인상을 구기며 외쳤다.

"쳇! 무슨 일로 여길 오셨는지 모르지만 아무리 그래도 애들 보는 앞에서 너무 하시는 것 아닙니까? 저도 이제 엄연히 아빼드입니다. 예전에 그리바 님 밑에서 매를 맞으며 주술과 대도술을 배우던 풋내기가 아니라 이겁니다."

그러자 그리바의 입가에 차디찬 미소가 맺혔다. 물론 그는 당연히 굴탄이 이럴 것이라고 예상했기 때문에 여기 온 것이다. 어차피 말로는 백날 해봤자 소용없고 직접 겪어보며 눈에 불이 나도록 얻어터져야만 비로소 굴복할 녀석이었으니까.

"두말할 것 없다. 덤벼라. 오랜만에 실력 좀 보자."

그리바는 그의 청색 대도를 앞으로 슥 내밀며 외쳤다.

츠캉!

시퍼런 도신에서 붉은 빛이 번뜩이더니 사방을 붉게 물
들였다.

화륵! 화르르―

곧바로 그리바와 굴탄의 주위로 시뻘건 화염의 벽이 생
겨났다. 불의 루스를 극치로 다룰 수 있는 주술 전사들만이
가능한 불의 결계였다.

굴탄은 즉시 루스를 끌어 올려 몸을 보호했지만 이글거
리는 열기에 숨이 턱턱 막혀 왔다.

'크으으! 이럴 수가! 이분은 오히려 예전보다 더 강해지
신 것 같구나.'

세상이 불의 결계 안과 밖의 둘로 나뉘었다. 굴탄은 이제
그리바와 승부를 내지 않으면 안 된다. 밖에 있는 굴탄의
부하들이 이 승부를 지켜볼 수는 있지만 결계를 뚫고 도와
주기란 불가능했다.

그리바가 성큼성큼 다가왔다.

"큭큭큭! 덤벼 봐라. 애송이 놈."

"크합! 쉽지는 않을 겁니다."

굴탄은 전신을 누르는 열기를 기합을 토해내며 흩어버리
고는 혼신의 힘을 다해 대도를 내리쳤다.

번쩍!

그의 대도에서 갈색의 빛줄기가 번개처럼 일어나 정면의 공간을 반쪽으로 갈라버렸다. 이는 최근에 굴탄이 스스로 깨달은 쾌도술(快刀術)의 일종이었다. 그것은 그가 가진 강력한 절초로, 처음부터 그것을 펼치지 않으면 그리바의 털 끝 하나도 건드릴 수 없음을 그는 알았다.

번쩍! 번쩍!

그 이후로도 굴탄의 쾌도는 번개처럼 공간을 미친 듯 수십여 번이나 갈랐다. 굴탄은 아무리 그리바라 해도 그 쾌도가 이루는 궤적 안에 위치해 있으면 두 쪽이 나버렸을 것이라 확신했다.

그러나 그것은 오로지 그의 착각일 뿐이었다. 갑자기 측면의 공간이 이지러지는 듯하더니 그곳에서 시뻘건 화염에 휩싸인 대도가 굴탄의 머리를 향해 날아드는 것이었다. 굴탄은 황급히 대도를 들어 그것을 막았다.

쿠앙!

대도와 대도가 부딪히며 폭음 비슷한 소리가 들렸다. 그 순간 엄습한 가공할 열기가 굴탄의 몸을 휩쓸었다.

"쿠어억!"

굴탄은 정신을 차릴 수가 없어 비틀거렸고, 그때부터 그리바의 무참한 구타가 시작되었다.

"애송이 놈! 그깟 쾌도술 하나 익혔다고 기고만장이더

냐? 일단 이 위험한 대도는 좀 치우고……."

그리바는 굴탄의 대도를 빼앗아 멀찍이 집어 던지고는
주먹으로 그의 복부를 후려쳤다.

퍽! 퍼퍼퍽!

"쿠어억!"

굴탄의 등이 활처럼 뒤로 휘어졌다. 뒤로 밀려가 비틀거
리는 그의 머리카락을 그리바가 따라붙어 움켜쥐었다.

"큭! 네놈은 좀 많이 맞아야겠다. 그따위 실력으로 감히
나랑 맞먹으려 들어? 내가 오십 년 전에 이미 완성한 쾌도
술 따위로 말이야."

그리바의 무릎이 굴탄의 복부를 차올렸고 그 충격에 앞
으로 휘는 그의 머리를 팔꿈치로 내리찍었다.

퍽! 푸억! 파파팍!

"꾸어억! 끄아악! 자, 잘못 했습……사, 살려……!"

"닥치거라."

그것은 시작이었을 뿐 굴탄의 구타는 한참 동안 계속되
었다. 훈계를 위한 것이라 보기에는 과도할 정도였다.

"췍! 크흑! 흐흐흑!"

얼마나 맞았는지 굴탄은 얼굴이 두 배로 부어 있었다.
그는 뭔가 서러운 듯 통곡을 하며 원망스러운 눈초리로 그
리바를 쳐다봤다.

"크어어! 해⋯⋯, 해도 너무 하십니다요. 이⋯⋯, 이렇게 패고 나니 속이 시원하십니까?"

"큭! 어리석은 놈! 아직도 모르겠느냐? 내가 왜 여기까지 와서 네 녀석을 후려 패는 건지 말이야."

"자⋯⋯, 잘 모르겠습니다."

굴탄은 정말로 모르겠다는 표정을 지었다. 그리바는 탄식을 하며 말했다.

"저 밖에 누가 와 있는 줄 아느냐?"

"오우거와 미노타우루스, 엘프가 하나씩 있던데요?"

"잘 봤구나. 그럼 이제 설명해 주마. 내가 네놈을 왜 때렸는지 말이야."

그리바는 굴탄을 차갑게 노려보며 말을 이었다.

"내게 맞으며 너는 느꼈을 것이다. 너와 내가 얼마나 격차가 큰지 말이야. 너 같은 놈 열이 있어도 나를 이기지 못한다는 걸 인정하느냐?"

"무, 물론입니다."

굴탄은 질린다는 표정으로 고개를 끄덕였다. 그로서는 정말로 꿈에 볼까 무서운 자가 바로 아빼드 그리바였다. 그가 평생을 수련에 매진해도 그리바의 그림자도 밟기 힘들 것임이 분명할 정도로.

"잘 들어라. 그런 나를 공포심에 질리게 만들어 단번에 무릎 꿇게 만든 자가 있다."

"그, 그런 말도 안 되는……."

"헛소리가 아니다. 모든 건 사실이야. 일단 저 밖에 서 있는 미노타우루스와 엘프는 드래곤이기 때문이지."

"드, 드래곤?"

퉁퉁 부어 있는 굴탄의 안면이 경악으로 물들었다. 그리바가 의미심장하게 웃었다.

"그뿐인 줄 아느냐? 그 옆의 오우거는 그들 드래곤이 두려워할 만큼 강한 분이다. 그분이 바로 트레네 숲의 로드시지. 나의 로드이시기도 하고 말이야."

"으으……."

"이제야 알겠느냐? 내가 왜 너를 두들겨 팼는지를?"

그러자 굴탄은 간신히 몸을 가누며 힘겹게 대답했다.

"그러니까 저항하면 죽는다는 것을 알려 주시려 했던 것입니까?"

"이제야 깨닫는구나. 로드는 드래곤을 벌줄 정도로 무서운 분이시다. 상대가 상대 같아야 저항이라도 해 보는 것이지. 3황자가 아니라 선황께서 살아 오셔도 이 순간 널 지켜 주시지 못한다. 쓸데없는 만용은 그냥 죽음만 자초할 뿐. 너의 소신이나 자존심보다 너를 믿고 따르는 오크들을 생각해라. 그들을 모두 죽이고 싶은 거냐?"

그 말에 굴탄이 원망스러운 눈초리로 그리바를 노려봤다.

"크으! 다 좋습니다. 무슨 말인지 알겠다고요. 왜 진작 말을 안 하셨습니까?"

"무엇을 말이냐?"

"취이익! 제가 좀 무식하긴 해도 드래곤에게 덤빌 만큼 미친놈은 아닙니다. 오크가 드래곤에게 굴복하는 건 당연한 것이니 흉이라 할 수도 없지 않겠습니까? 진작 저분들이 드래곤이고, 또한 한 분은 드래곤보다 무서운 존재라고 알려 주셨으면 제가 알아서 처신했을 텐데, 꼭 이렇게 패야 했냐 이겁니다."

그 말에 그리바는 내심 움찔했다. 사실 굴탄의 말도 틀린 말은 아니었다. 굴탄이 아무리 간이 부어있기로서니 드래곤에게 덤빌 만큼 무모한 놈은 아니기 때문이다. 물론 처음에는 잘 믿지 않았겠지만, 그리바가 인내심을 갖고 차근차근 논리적으로 상황을 설명을 해 주었다면 굴탄이 어찌 믿지 않았겠는가.

솔직히 말해 그리바는 이 기회를 통해 모처럼 후련하게 몸을 좀 풀어 보려는 의도가 없지 않았다. 물론 키크노스의 피해를 최소화한다는 명분이긴 했지만, 그것을 핑계로 그동안 악덕 드래곤들 밑에서 노역질을 하며 쌓인 분풀이를 굴탄을 구타하며 푼 것이 사실이었으니까.

'크흐! 멍청한 줄 알았는데 제법 눈치는 있구만.'

그러나 그리바는 시치미를 떼며 호통을 날렸다.

"닥쳐라! 이렇게 쳐 맞지 않았더라면 네놈이 내 말을 믿었겠느냐? 아마 네놈은 내 말에 코웃음 치고 저분들을 공격했을 것이다. 그리고 지금쯤은 끔찍한 사태를 맞이하며 후회하고 있겠지."

"크으으! 그건 핑계입니다. 저도 눈치는 빠른 놈입니다. 아주 후련하시겠습니다그려."

"허어! 뭣이 어째? 이놈이 아직 매가 부족한 모양이구나. 더 맞고 싶은 것이냐? 하긴 너 같은 녀석에겐 매가 약이지. 매가 약이야."

"추, 추익! 아, 아닙니다. 그리바 님 말씀이 다 옳습니다."

할 말이 없자 오히려 다시 주먹을 움켜쥐는 그리바를 보며 굴탄은 결국 항복을 선언했다. 곧바로 그는 천부장들과 백부장들을 불러들여 자신의 뜻을 전했다.

잠시 후 키크노스 성의 망루마다 항복을 선언하는 하얀 백기가 걸렸다. 굴탄은 모든 엘프 노예와 거족 노예들을 방면해 광장 앞에 집결시킨 후 성문을 열어 무혼 일행을 맞이했다.

스윽.

흑발의 오우거 무혼이 들어서자 굴탄은 부하들과 함께 즉시 엎드려 외쳤다.

"췍! 키크노스의 아빼드 굴탄이 위대한 트레네 숲의 로드를 배알합니다. 저는 로드의 뜻에 따라 모든 노예를 방면했으며, 이후로 오직 로드의 뜻을 따르리라 맹세합니다. 부디 키크노스를 향한 로드의 분노를 거두어 주소서."

무혼은 고개를 끄덕였다.

"굴탄, 그대는 실로 현명하군. 그대의 지혜로운 처사로 인해 앞으로 이곳 키크노스의 오크들은 무사할 것이며 더욱 번영하게 될 것이다."

"로드의 자비에 감사드리옵니다."

굴탄은 막상 오우거 무혼을 가까이에서 대하자 그의 가공할 기세에 간이 녹아나는 듯했다.

만일 멋모르고 대항했다면 어떤 꼴을 당했을지 상상이 가지 않았다. 문득 그는 자신을 무식하게 후려 팬 그리바가 원망스러우면서도 한편으로 고맙다는 생각이 들긴 했다. 사실 그는 정말로 그렇게 미친 듯 맞지 않았으면 공연히 객기를 부렸을지도 모르는 일이었다.

그렇게 속으로 안도하고 있는 굴탄을 향해 두 개의 크고 작은 그림자가 드리워졌다. 붉은 옷의 미노타우루스와 백색 옷의 엘프였다.

그들은 굴탄을 차갑게 노려보며 말했다.

"크흐흐! 우리가 누군지는 이미 들었으리라 믿는다. 이제부터 도시 정화 작업을 시작할 것이니 빨리빨리 움직이는 것이 신상에 편할 것이다."

도시 정화 작업이 뭔가 싶어 멍한 표정을 짓는 굴탄을 향해 그리바가 동정의 눈빛을 보냈다.

'쯧! 불쌍한 녀석! 한동안 허리도 못 펴겠구만. 뭐 다 한번은 겪어야 할 일이지. 흐흐흐!'

측은한 듯 동정의 눈빛을 보내던 그리바의 입가에는 이내 의미심장한 미소가 맺혔다. 그러고 보니 드디어 해방이다. 악덕 드래곤들이 하리쿰을 떠나 이곳 키크노스로 왔으니 말이다. 이로써 하리쿰에는 어둠이 떠나고 광명의 빛이 비친 것이니, 그로서는 어찌 기쁘지 않을 수 있겠는가.

"뭣들 하는 거야? 빨리빨리 움직이지 못하느냐? 시장거리에서 매 맞는 오크가 되고 싶은 것이냐? 푸줏간에 거꾸로 매달리고 싶은 것이냐? 엉?"

"오호호! 드래곤 말이 말 같지 않나 보구나. 다들 쓴맛을 좀 봐야 정신들을 차리겠니?"

멀리서 들리는 악덕 드래곤들의 닦달하는 소리가 그리바에게는 왠지 매우 즐겁게 들렸다. 곧이어 오우거 무혼이 한 소리 했다.

"살살 해라. 오크들이 너무 불쌍하잖아."

그러자 포르티와 아그노스는 끄덕이며 말했다.

"크흐흐! 들었느냐? 살살 해라. 너무 빨리 할 필요 없단다. 쉬면서 잡담도 좀 하고 졸리면 자도 괜찮다."

"오호홋! 맞아. 일은 천천히 할수록 좋은 거야. 급하게 할 건 없으니 살살들 해. 살살~!"

그런데 그 말을 듣고 진짜로 살살 하는 오크들이 생겨나고 있었다. 굴탄도 그중 하나였다. 그는 정말로 쉬어도 좋다고 생각했는지 바닥에 주저앉아 부하들과 잡담을 하며 싱글거리고 있는 것이었다.

그 모습을 본 그리바는 혀를 찼다.

'쯧! 저런 눈치 없는 것들! 앞으로 여기 볼만하겠구만. 다들 밤에 잠자기는 틀렸어.'

아니나 다를까, 드래곤들의 표정이 매우 험악해졌다. 잠시 후 무슨 일이 벌어질지 그리바는 충분히 짐작할 수 있었다.

그사이 오우거 무혼은 거족들과 엘프들에게 그들이 더이상 노예가 아닌 자유로운 존재이며 영광스러운 트레네 숲의 일원이 될 수 있음을 설파했고, 그의 말을 듣는 이들의 눈에는 물기가 차오르기 시작했다.

그리바는 멀리서 그 모습을 지켜보다 문득 하늘을 쳐다봤다.

푸르른 하늘에 하얀 구름들이 보기 좋게 줄을 지어 날고 있는 모습이 눈에 들어왔다. 그것은 그의 아득한 청년 시절에 봤던 하늘과 동일했다.

'췩! 백 년 전이나 지금이나 동대륙의 하늘은 달라진 바 없지만 시대는 완전히 변했구나. 오크 황제의 시대는 갔고 트레네 숲 로드의 시대가 도래했으니 이 시류에 편승하는 이는 살 것이요, 역행하는 이는 죽을 것이다.'

속으로 조용히 뭐라고 뇌까리는 그리바의 표정은 의외로 밝았다. 그가 본바, 트레네 숲 로드의 아량은 크돌로르와 비할 수 없이 컸기 때문이다.

비록 동대륙의 패자(覇者)라는 오크들의 명예는 과거 속으로 사라지겠지만, 오크들의 삶은 이전보다 더 풍요롭고 평화로워질 것이다.

그리바는 엘프들과 거족들을 진심으로 귀하게 대하는 로드의 태도를 보면서 그것을 충분히 확신할 수 있었다. 앞으로 그를 따르는 오크들에게도 그는 그러한 관대함을 베풀 것임을.

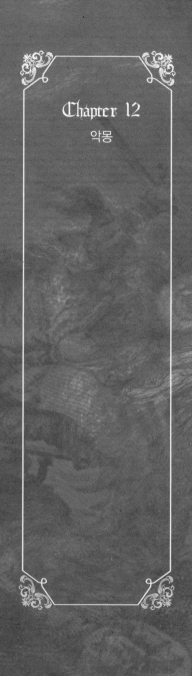

Chapter 12
악몽

오크들의 도시 하리쿰과 키크노스에 이어 무혼은 동쪽으로 계속 이동하며 도시를 점령했다.

점령 방식은 일단 그리바나 굴탄과 같이 기존에 부하가 된 오크 아빼드들을 동원해 점령 목표가 된 곳의 아빼드들을 설득하는 것이었다.

무혼은 대체로 이 방식을 선호했지만, 간혹 곧 죽어도 눈앞에서 옹성이 무너지거나 부하들이 죽어 나가는 것을 봐야 정신을 차리는 아빼드들이 있는 것이 문제였다.

그럴 때는 누가 봐도 두려워 떨 만큼 가차 없이 징계를 가했고, 실피는 그에 대한 소문을 더욱 증폭시켜 인근 도시에 퍼뜨렸다.

그러다 보니 무혼이 어느덧 십여 개의 도시를 점령했을 때쯤에는 굳이 그리바나 굴탄 등이 찾아가지 않아도 미리 백기를 들고 항복을 선언하는 도시들이 속속 생겨나고 있었다.

그러나 아직 그런 식으로 무혼에게 굴복한 도시들은 오크 제국 전체에서 볼 때는 극히 일부에 불과할 뿐이었다. 여전히 트레네 숲의 로드가 누구인지 모르는 오크들도 있었으며, 공연히 누군가 헛소문을 퍼뜨린다고 코웃음 치는 오크 아뻬드들이 대부분이었다.

그래도 그러한 소문들은 상인들에 의해 트레네 숲 남부의 교역 도시인 루즈노드에도 자연스레 전파되었다. 엘리나이젤뿐 아니라 트레네 숲의 엘프들과 거족들은 자신들의 로드가 오크들의 도시를 점령한 후 노예들을 해방시키고 있다는 말에 한껏 고무되어 있었다.

"트레네 숲의 모든 권속들이여! 로드께서 드디어 움직이시는 모양이다. 조만간 이 숲으로 수많은 엘프들과 거족들이 몰려오게 될 것이 분명하다. 오래도록 오크들의 노예로 고통받았던 이들이니 그들이 와서 편히 쉬고 삶의 자신감을 되찾을 수 있도록 철저한 준비를 갖추도록 하자."

"예, 엘리나이젤 님."

"우킷! 염려 마십시오."

"크워어어! 알겠습니다."

엘프들과 거족들의 표정은 매우 밝았다. 그들은 엘리나이젤의 지시를 따르며 이전보다 분주히 움직여야 했지만 누구도 불만을 토하지 않았다.

그사이 트레네 숲의 중부와 북부에는 엘프들이나 거족들이 지낼 만한 거주 공간이 무수히 생겨나 있었다. 각각의 종족들이 그들 종족의 특성에 맞는 거주 공간들을 만들어 놓았기 때문이었다.

모두들 오래도록 숲과 공존해 왔던 이들이라 그들은 동굴이나 바위, 돌산 등을 활용해 최대한 자연을 해치지 않고 거주 공간을 만드는 방법을 잘 알고 있었다.

그래도 제한된 공간에 많은 이들이 거해야 하는 만큼 때로는 과감하게 공사를 해야 하는 부분도 필요했다. 그에 대한 판단은 엘리나이젤이 내렸다.

그렇게 시작된 공사에는 주로 라그너즈를 비롯한 오크들이 대거 동원되었지만, 일정한 보수를 주고 인간이나 코볼트 장인들을 불러 건축을 시키기도 했다. 건축에 필요한 자재들은 교역도시 루즈노드를 통해 조달했다.

현재 트레네 숲 북부에서 가장 눈에 띄는 건축물은 당연히 오크 군단장 라그너즈와 그의 부하들이 무려 육 개월이나 공을 들여 완성한 로드의 성(城)이었다.

언뜻 봐도 웅장한 왕성(王城)을 연상케 할 만큼 규모도 거대할 뿐만 아니라 사면이 거의 가파른 경사로 이루어진 터라 그야말로 천혜의 요새나 다름없는 방어력을 갖추고 있었다.

성의 광장에는 하늘 호수를 비롯해 트레네 숲 주요 지역의 마법진들과 연결되는 포탈 마법진이 생겨났고, 지금은 광장 주위로 각 종족의 장인들에 의해 갖가지 아름다운 건물들이 새로 건축되는 중이었다.

남부 도시 루즈노드와 달리 이곳 성은 오직 트레네 숲의 일원들만 들어올 수 있으며, 이곳 성의 광장은 그들만을 위한 휴식 공간이자 모임 공간이 될 것이다.

사실 성에도 적지 않은 주거 공간이 있지만, 엘프들이나 거족들의 경우 성보다는 숲의 곳곳에 만들어진 각 종족 특성의 포근한 보금자리형 거주공간을 더 선호했다.

만일 유사시 수성전을 펼쳐야 할 만큼 급박한 상황이 펼쳐지면 각각의 마법진을 타고 성의 광장에 위치한 포탈 마법진을 통해 로드의 성으로 입성할 수 있었다.

그러나 트레네 숲 전체를 두르는 막강한 보호 결계가 있는 이상 로드의 성에서 수성전이 벌어지는 일은 없을 것이다.

따라서 로드의 성은 방어의 기능보다는 트레네 숲의 로드에 대한 일종의 상징과 같은 건축물로서의 의미가 컸다.

　잠시 로드의 성을 돌아보며 뿌듯한 기분에 젖어 있던 엘리나이젤의 귀에 나무 정령들의 보고가 들어왔다.

　—엘리나이젤 님, 동쪽에 엘프들이 숲에 들어오기를 청하고 있어요.

　—동쪽에 오우거가 나타났어요.

　—사이클롭스들이 숲에 들어오기를 원하고 있습니다.

　그러한 보고들과 함께 나무 정령들이 엘프와 몬스터들의 모습을 엘리나이젤의 시야에 비춰주었다. 놀랍게도 엘프 20여 명과 거족 10여 명이 트레네 숲 동쪽 황무지에서 숲으로 진입하려 하고 있었다.

　그동안 하루에 한둘, 많으면 서넛 정도가 숲에 들어오는 경우는 있어도 이렇게 다수가 나타나는 경우는 드물었다.

　엘리나이젤이 곧바로 가서 알아보니 놀랍게도 그들은 트레네 숲과 교역을 하는 오크 도시들에서 방면되어 온 이들이었다.

　최근 트레네 숲 남부의 교역 도시 루즈노드를 통해 인간들과 교역도 하면서 많은 이익을 남기고 있던 오크 도시들의 아빼드들이, 트레네 숲 로드가 노예들을 방면하기를 원하며 도시들을 점령하고 있다는 말에 앞다투어 노예들을 방면하고 있었던 것이다.

대부분 오크 제국 서부에 위치한 도시들로, 그들은 트레네 숲과의 교역에서 나오는 이익이 자신들이 노예를 보유하며 얻는 이익과 비할 수 없이 크기에, 혹시라도 트레네 숲과 사이가 나빠질 것을 우려해 조치를 취한 것이었다.

심지어 오크들의 도시뿐 아니라 코볼트나 리자드맨들의 도시에 잡혀 있던 노예들이 방면되어 오기도 했다.

그러다 보니 엘리나이젤을 비롯한 트레네 숲의 일원들은 더욱 바빠지기 시작했다. 엘프들의 경우는 알아서 적응을 잘하지만, 본디 성정이 거친 거족들의 경우에는 상당기간 적응이 필요하기 때문이다.

그렇게 노예로 잡혔던 엘프들과 거족들이 들어오자 숲은 매일 잔치 분위기였고, 엘리나이젤의 입가에는 미소가 그칠 날이 없었다.

앞으로 엘프들과 거족 노예들을 방면치 아니하는 도시의 상인들은 루즈노드에 출입을 금한다.

그러나 그들 노예들을 방면해 트레네 숲으로 보내주는 도시는 트레네 숲과 친구의 도시가 될 것이며, 그곳 출신의 상인들에게는 향후 3년 동안 루즈노드 고역에 대한 모든 세금의 절반을 면제한다.

내친김에 엘리나이젤은 이러한 내용의 서신을 루즈노드에 출입하는 상인들을 통해 도시의 아빼드들에게 전달시켰다.

그 서신은 확실히 효과가 있었다. 그 이후로 트레네 숲에 들어오는 엘프들과 거족들의 숫자가 더욱 많아졌던 것이다.

그동안 망설이며 노예들을 방면하기를 꺼리던 아빼드들도 루즈노드와의 거래를 위해 어쩔 수 없이 노예들을 방면하는 성의를 보이기도 했다.

그렇게 트레네 숲의 중부와 북부는 새로 유입되는 숲의 일원들로 북적이기 시작했고, 그와 함께 남부의 교역 도시 루즈노드의 교역도 더욱 활발해지고 있었다.

그러다 보니 인간과 몬스터들의 말을 통역해 주는 통역사들은 더욱 바빠질 수밖에 없었다.

로빈도 마찬가지였다. 친절한 인상에 뛰어난 통역 솜씨를 지닌 덕분에 그는 수많은 단골 상단들을 보유하고 있었다.

덩치가 큰 상단에서는 그를 전속으로 고용하려 했지만 로빈은 자유로운 것을 좋아한다며 그것을 거부했다. 그래도 그에게는 매일 일거리가 넘쳐났다.

그렇게 일이 바쁘다 보니 여자 친구인 엘프 타리엔을 만날 시간도 거의 없었다. 타리엔이 간혹 찾아와도 그는 항상 바빠서 금세 그녀를 돌려보내야 했다.

오늘도 마찬가지였다. 밤늦게까지 코볼트 상인들의 통역과 각종 거래서 작성을 도와준 로빈은 지친 표정으로 자신의 숙소로 걸어 들어가는 중이었다.

"로빈?"

그때 그의 앞을 한 늘씬하고 아름다운 엘프 여성이 가로막았다. 다름 아닌 타리엔이었다. 로빈은 그녀가 무척 반가웠으나 짐짓 시큰둥한 표정을 지으며 대답했다.

"여긴 어쩐 일이오, 타리엔?"

"어쩐 일이라고요? 어떻게 내게 그런 말을 할 수가 있죠?"

타리엔은 로빈의 반응이 섭섭한지 눈물을 글썽였다. 사실 둘은 어떤 약속을 한 것은 아니지만 그동안 서로가 가진 호감을 충분히 느끼고 있었고, 그 감정이 결코 가볍지 않다는 것도 잘 알고 있었다.

그렇지 않았다면 타리엔이 로빈을 트레네 숲의 일원으로 엘리나이젤에게 추천하지도 않았을 것이다.

그런데 갑자기 로빈이 변한 것이었다. 타리엔은 로빈이

자신을 일부러 피하는 느낌을 받았고, 결국 오늘은 그것을 확인하러 온 것이었다.

아니나 다를까, 로빈은 타리엔을 보고도 반가워하기는 커녕 귀찮은 듯 인상을 찡그리는 것이 아닌가? 그녀로서는 그것이 매우 충격이었고 섭섭해 견딜 수 없었다.

"갑자기 왜 내게 이렇게 차가워진 거죠, 로빈?"

타리엔이 원망스레 노려보았지만 로빈은 짐짓 차갑게 대꾸했다.

"귀찮군. 대체 왜 이렇게 날 피곤하게 하는 것이오?"

"내가 귀찮아요? 당신을 피곤하게 한다고요?"

타리엔은 설마 로빈이 이토록 모진말까지 할 줄은 몰랐다는 듯 더욱 충격어린 표정을 지었다. 로빈은 쿡쿡 웃으며 내뱉었다.

"그렇소. 당신은 나를 매우 피곤하게 하고 있소."

그러자 타리엔은 입술을 깨물었다.

"알았어요. 그러면 이제 두 번 다시 찾아오지 않을게요."

그녀는 떨리는 음성으로 말한 후 돌아서서 걸었다. 비틀거리며 걷는 그녀의 어깨가 들썩이는 것을 보니 울고 있는 듯했다.

"......"

그것을 본 로빈의 눈빛은 매우 슬프게 변했지만 그는 이내 말없이 돌아섰다.

'정말 미안하오, 타리엔.'

로빈은 마음이 찢어지는 듯했다. 숙소로 돌아온 그의 표정은 어둡기 그지없었다.

그는 당장이라도 달려가 타리엔에게 잘못을 빌고 싶었다. 그녀를 그런 식으로 차갑게 돌려보낸 것이 속상해 견디기 힘들었다.

'참아라. 어차피 이루어질 수 없는데 지금 끝내는 게 속 편한 것 아니겠느냐?'

인간으로서의 감정이 사라진 줄 알았는데, 한번 돌아온 그 감정들은 쉽게 사라지지 않았다. 그로 인해 로빈은 매일 매일을 매우 괴롭게 보내는 중이었다.

머지않아 라사라는 마족들과 마군들을 대거 보내 트레네 숲을 공격할 것이다. 그때 로빈은 내부에서 그들의 요인을 암살하거나 혹은 숲을 혼란시키는 임무를 맡아야 한다.

어쩌면 그의 손으로 엘프들을 죽여야 할 수도 있고, 심지어 타리엔을 죽여야 하는 상황이 올 수도 있었다.

물론 절대 그런 끔찍한 비극이 벌어지지 않았으면 하지만, 그의 로드인 라사라가 지시하면 어쩔 수 없는 일인 것이다.

그런 것들을 떠올리며 로빈은 애써 타리엔과의 관계를 정리할 수밖에 없었다. 그녀를 위해서라도, 로빈 자신을 위해서라도 더 이상 서로 가까워져서는 안 되기 때문이다.

그러나 로빈은 왜 이렇게 마음이 찢어지는 듯 아파 오는지 알 수가 없었다. 그는 답답한 마음에 창문을 열어 밤하늘을 내다봤다.

시원한 바람과 함께 아름다운 오렌지 빛달이 눈에 들어왔다. 문득 타리엔과 함께 달빛을 맞으며 걷던 기억이 떠올라 로빈은 다시 침울해졌다.

―아마스칼!

그때 그의 뇌리를 파고드는 음침한 음성이 있었다. 로빈을 아마스칼이라 부르는 그 음성의 주인이 누구이겠는가?

〈라, 라사라님! 부르셨습니까?〉

로빈은 긴장하며 대답했다. 최상급 마족이며 그의 로드이기도 한 흑마법사 라사라가 방금 전 그를 부른 것이었다. 다크 포탈을 만드는 데 집중하겠다며 한동안 연락을 하지 않았던 그녀였는데, 그렇다면 설마 그사이 다크포탈이 완성된 것일까?

―오호호호! 아마스칼! 그동안 수고가 많았다. 다크 포탈은 이제 완성 직전이다. 앞으로 한 달, 아니, 어쩌면 그

보다 빠르게 다크 포탈이 완성될 거야.

〈추……, 축하드립니다. 라사라 님.〉

로빈의 음성이 떨렸다. 그는 축하한다고 말하고 있지만 한편으로 마음이 철렁 내려앉는 기분이었다.

예전 같으면 로빈 역시 다크 포탈이 완성 직전이라는 말에 매우 기뻐했을 것이다. 그것을 통해 마계의 마왕 유레아즈가 이곳 이로이다 대륙에 강림할 것이고, 이후 이로이다 대륙은 영구히 마계로 종속될 것이기 때문이다.

그런데 지금은 이상하게도 그것이 매우 꺼림칙하게 느껴지는 것이었다.

아마 타리엔 때문이리라. 마왕이 강림하게 되면 가장 먼저 이곳 트레네 숲부터 파괴할 가능성이 높았다. 마왕은 트레네 숲의 로드와 엘리나이젤을 죽일 것이고, 그의 부하 마족들은 엘프들을 비롯한 트레네 숲의 모든 일원들을 무참히 죽일 것이다.

가까이서 보았기에 마족들이 얼마나 끔찍하고 무서운 존재인지 너무 잘 알고 있는 로빈이었다. 마족들은 엘프들을 잔혹하게 죽인 후 그들의 피를 마시고 살코기를 발라 맛있게 씹어 먹을 것이 분명했다.

타리엔이 마족들의 손에 갈가리 찢겨 그들의 입속으로 사라지는 장면을 떠올린 로빈의 표정은 딱딱하게 굳어 있었다.

　—아마스칼? 네 목소리가 예전 같지 않구나. 무슨 일이
있느냐?

　놀랍게도 라사라의 눈치는 매우 빨랐다. 그녀의 음성이
차가워진 것을 느낀 로빈은 잽싸게 대답했다.

　〈흐흐! 잠시 인간들 사이에 있다 보니 습관이 되었나 봅
니다. 어수룩하게 보여야 의심을 안 받거든요.〉

　—오호호호! 내 앞에서까지 그런 연기를 할 필요가 있느
냐? 하긴 습관이 되었다면 그럴 수도 있겠지.

　라사라는 그제야 의심을 거둔 듯했다. 그녀는 곧바로 말
을 이었다.

　—그보다 트레네 숲의 내부는 조사했느냐? 엘리나이젤
의 신임을 받았다면 그곳에는 자유롭게 출입이 가능했겠
지.

　〈진입은 가능하지만 한 번만 다녀왔습니다.〉

　—고작 한 번이라고?

　라사라의 음성이 다시 차가워졌다. 짧게 되묻는 그녀의
어조에는 적지 않은 분노가 섞여 있었다. 지금쯤이면 트
레네 숲의 내부에 대한 면밀한 조사와 파악이 끝나 있어야
마땅한데 로빈이 고작 한 번만 들어갔다고 하니 그녀가 분
노하는 것이 당연했다.

로빈은 황급히 그에 대한 이유를 설명했다.

〈실은 그곳에 현자가 있어서 함부로 접근할 수가 없었습니다.〉

—뭐라? 현자라 했느냐?

라사라는 깜짝 놀란 듯했다.

〈그렇습니다. 엘프들이 그녀를 현자라 칭했고, 제가 보기에도 현자가 분명했습니다. 만일 그때 그녀가 저를 보았다면 제 정체는 금세 발각되고 말았을 것입니다.〉

로빈은 하늘 호수에서 현자 루인을 봤던 상황을 라사라에게 상세히 설명했다. 그러자 라사라는 잠시 침묵하다가 이내 차갑게 웃으며 말했다.

—우후후훗, 트레네 숲에 현자가 존재하다니 의외로구나. 그렇다면 잘됐어. 그녀를 당장 죽여라, 아마스칼.

그러자 로빈은 깜짝 놀랐다. 라사라가 다짜고짜 그러한 명령을 내릴 줄은 몰랐던 것이다.

그러나 사실 당연한 명령이었다. 로빈 역시 루인을 보자마자 당장 그녀를 죽여야 할 것 같은 충동에 시달리지 않았던가.

아마 타리엔이 아니었다면 벌써 로빈은 루인을 죽였을지도 모른다. 그 와중에 설사 정체가 발각될지라도, 어차피 분신 하나가 소멸될 뿐이라 아무런 문제도 없는 일이었다.

〈알겠습니다, 라사라 님. 현자 루인을 죽이겠습니다.〉

—이제 마왕께서 오시니 별달리 신경 쓸 문제는 아니지만, 예로부터 현자는 우리의 일에 가장 방해가 되는 존재 중 하나였지. 혹시 모를 불안함의 씨앗 자체를 없애버리도록 해라.

〈흐흐! 지당하신 생각이십니다.〉

—빠를수록 좋다. 늦어도 내일까지는 실행한 후 보고해라.

〈예, 라사라 님.〉

그 후로 라사라는 더 이상 전성을 보내오지 않았다. 로빈은 드디어 올 것이 왔다는 생각에 한없이 허탈한 표정을 지었다.

'로빈으로서의 삶도 이젠 끝이로군.'

로빈은 이제 라사라의 지시로 인해 내일까지 루인을 암살해야 한다. 물론 그것은 로빈에게 어려운 일이 아니었다.

그는 순간적이지만 하급 마족에 해당하는 힘을 격발할 수 있기에, 루인의 근처로만 접근할 수 있다면 그녀의 주위에 웬만한 호위무사나 호위 정령들이 있다 해도 그녀를 단번에 죽일 능력이 있기 때문이었다.

물론 그 이후에 로빈은 엘리나이젤이나 혹은 물의 정령 아르나에게 죽임을 당할 가능성이 농후하지만, 그거야 어차피 분신이니 상관없는 일이었다.

　그러나 문제는 타리엔이었다. 내일 그가 트레네 숲의 하늘 호숫가에서 루인과 함께 죽게 되면 타리엔은 엄청난 충격에 빠질 것이다.

　로빈을 트레네 숲의 일원으로 추천한 것은 타리엔이었다. 그런데 그런 로빈이 현자 루인을 죽이게 되면, 타리엔은 당연히 그녀로 인해 루인이 죽은 것이라 생각하며 괴로워하게 될 것이다.

　그것은 그녀에게 너무 가혹한 고통이었다. 다른 이도 아니고 로빈 자신이 그녀에게 그런 고통을 주어야 한다는 말인가.

　'하지만 어쩔 수 없는 일이다. 나는 라사라 님의 명령을 거역할 수 없다…….'

　이를 악무는 로빈의 두 눈에서 차가운 살기가 번뜩였다.

　　　　*　　　　　*　　　　　*

우르르르르!

　우렛소리가 진동하는 짙은 어둠 속에서 그녀의 목을 움

켜쥐는 시커먼 손이 있었다. 그 손은 그녀의 목을 짓눌렀다.

'크크크! 죽어랏!'

그 우악스러운 손은 굵직한 밧줄로 변하더니 마치 뱀처럼 그녀의 목을 칭칭 감았다. 사방의 어둠이 그녀를 향해 밀려드는 끔찍한 느낌에 그녀는 꿈에서 깨어났다.

"아!"

나직한 신음을 지르며 깨어난 소녀는 다름 아닌 루인이었다.

'꿈이었구나…….'

조금 전의 끔찍한 상황이 꿈이었다니. 그러나 그녀는 마음이 진정되지 않았다.

'꿈이라기보다는 너무 생생해. 왜 이렇게 불안한 것일까?'

트레네 숲에 들어온 이래 그녀의 마음에서 사라졌던 불안감이 다시 엄습하고 있었다.

몇 번이고 심호흡을 하며 마음을 차분히 가라앉히려 해보았지만 그 불안감은 사라지지 않았다. 심장이 세차게 고동치고 심지어 현기증이 나기까지 했다.

그녀는 바람이라도 쐬면 나을까 싶어 창문을 열었다. 오렌지빛의 반달이 하늘 호수의 수면 위에 잔잔히 담겨 있었는데, 푸른 피부를 가진 아름다운 여인이 그 반달 위에 앉아 유유히 떠다니고 있었다.

'아르나?'

물의 정령 아르나였다. 그녀는 마치 그 달이 조각배라도 된 듯 장난스레 노를 젓기도 하며 밤의 흥취를 즐기고 있었다.

그녀의 천진난만한 모습을 보자 루인은 문득 웃음이 나왔다. 악몽으로 인해 답답했던 마음이 어느 정도 풀리는 듯했다.

그러나 그것도 잠깐일 뿐.

그녀는 다시 불안감이 잠식해 오는 것을 느끼고는 안색을 굳혔다.

'분명 뭔가 있어. 이 불안감의 정체가 뭘까?'

그러나 아무리 생각해봐도 마땅히 떠오르는 것이 없었다. 혹시 트레네 숲의 로드인 무혼에게 어떤 좋지 않은 일이 벌어진 것은 아닐까? 그게 아니라면 혹시 마왕 유레아즈가 이로이다 대륙에 나타나기라도 한 것은 아닐까?

그야말로 별생각이 다 들었다. 그러나 그것들은 그저 막연한 기우일 뿐, 지금 그녀를 불안하게 만드는 진정한 원인은 아니었다.

뭔가가 분명 있었다. 잠시 고민하던 그녀는 결국 눈을

감고 명상에 돌입했다. 아무래도 이 불안감의 실체를 알아
내지 않으면 안 될 것 같아서였다.

고요했던 그녀의 마음을 불안하게 만드는 그 실체를 알
아내는 방법은 다름 아닌 그녀 자신의 마음과 대화를 나눠
보는 것에 있었다.

마음이 불안하다는 것은, 그 마음이 뭔가 불안함을 느꼈
다는 것이다. 그렇다면 그 마음은 사실 불안의 정체를 알
고 있을지도 모른다. 그래서 마음이 그녀의 의식에게 경고
를 날린 것이 아니었을까?

'……'

그녀는 명상을 통해 그녀의 마음 깊숙한 곳, 이른바 무
의식의 영역으로 들어갔다. 이는 적지 않은 마나와 체력이
소모되는 일이라 그녀로서도 섣불리 시도하기 힘든 일이
지만, 지금으로서는 그 불안감을 해소하기 위한 다른 방법
이 없었다.

그렇게 한참의 시간이 지났을까?

어느덧 새벽도 지나고 아침 햇살이 환하게 하늘 호수를
내리비출 때 그녀는 눈을 떴다.

그런데 무엇 때문인지 그녀의 두 눈은 슬픔에 젖어 있었
다.

'하……'

곧바로 탄식어린 한숨을 내쉬는 그녀의 두 눈에서 눈물
이 주룩 흘러내렸다.

Chapter 13

호숫가 산책

　―로빈, 당신은 트레네 숲의 일원이군요. 출입을 허락하죠.

　해가 중천에 떠 있을 때쯤 로빈은 루즈노드 북부에 위치한 마법진을 통해 트레네 숲 내부로 이동했다.

　화아아악!

　그의 몸을 둘렀던 연녹색의 빛이 사라진 순간 그는 사방으로 푸른 잎의 나무들이 우거진 공터의 마법진 위에 서 있었다.

　이곳은 그가 이전에 한 번 와 보았던 곳이다. 당시 지형을 모두 기억해 두었기에 그는 자연스레 남쪽의 하늘 호수쪽으로 걸음을 옮겼다.

간혹 지나다 엘프들이나 거족이라 불리는 초대형 몬스터들과 마주쳤지만, 선해 보이는 인상을 가진 로빈을 그들은 전혀 경계하지 않았다. 간혹 손을 흔들어주는 엘프들도 있었다.

로빈은 다른 엘프들은 상관없지만 가급적 타리엔은 마주치지 않았으면 하는 심정이었다. 현자 루인을 죽이러 가는 이 상황에서 타리엔을 보았다가는 왠지 자신의 마음이 흔들릴지도 모른다는 두려움 때문이었다.

다행인지 아니면 불행인지 그가 하늘 호수에 도착할 때까지 제법 많은 엘프들이 지나갔지만 타리엔은 보이지 않았다.

루인이 있는 별장은 멀리 건너편 호숫가에 있기에 로빈은 천천히 그쪽으로 발걸음을 옮겼다.

누가 보면 그가 하늘 호수의 기경을 보면서 천천히 산책을 즐긴다 생각할 정도로 매우 자연스러운 모습이었다. 그러나 그의 내심은 적지 않게 긴장하고 있었다.

'절대 그녀가 먼저 나를 보면 안 된다.'

관건은 그것이었다. 만일 루인이 로빈을 먼저 보게 되면, 그녀는 그 즉시 로빈의 정체가 수상함을 알게 될 가능성이 높았다.

엘리나이젤이 현자를 허술하게 보호할 리가 있겠는가? 당연히 그녀의 주위에는 호위 무사나 강력한 보호 마법진이 펼쳐져 있을 것이다.

따라서 만일 그녀가 로빈을 경계하게 되면, 그 즉시 호위 무사들이 로빈을 공격하거나 혹은 보호 마법진이 발동될 것이다. 그 상황에서는 로빈이 아무리 나는 재주가 있어도 루인을 암살하기란 불가능했다.

그러나 로빈이 그녀를 먼저 발견하게 되면, 그는 그녀를 어떻게든 암살할 자신이 있었다. 따라서 그는 자연스레 호숫가를 걸으면서도 근처의 흔들리는 풀들이나 나뭇가지들을 이용해 교묘하게 자신을 은폐시켰다.

물론 그러한 은폐는 어새신들이 암습을 위해 모습을 감추고 은밀히 접근하는 방식과는 전혀 다른 것이었다. 그저 앞쪽에서 누군가 로빈을 쉽사리 발견하기 힘들게 한 것일 뿐 그가 모습 자체를 숨긴 것은 아니었다.

로빈은 트레네 숲 도처에 나무 정령들이 존재한다는 것을 파악한 터였다. 따라서 그는 지금 자신을 주시하고 있는 나무 정령들이 한둘이 아닐 것임도 아주 잘 알고 있었다.

이런 상황에 섣불리 어새신의 은신술을 펼쳤다가는 곧바로 수상함이 감지될 것이니, 로빈은 최대한 그것에 주의

하고 있었다.

그렇게 잠시 걸었을까?

로빈은 갑자기 앞에 은발의 멋진 외모를 지닌 청년이 유유히 걸어오는 모습을 보고 깜짝 놀랐다. 그 청년은 엘프의 수호 정령이며 이곳 트레네 숲의 절대자와 같은 존재인 엘리나이젤이었다.

"그대는?"

"로빈이 지고하신 엘리나이젤 님을 뵙습니다."

로빈은 꾸벅 공손히 허리를 숙이며 인사했다. 그러자 엘레나이젤은 빙그레 웃으며 고개를 끄덕였다.

"로빈, 그대는 트레네 숲의 일원이 된 이후로 한동안 이곳에 들어오지 않았지. 그런데 오늘은 웬일로 들어온 것인가?"

"헤헷! 매일 일만 하다 보니 지쳤거든요. 오늘은 모처럼 아름다운 하늘 호수를 보며 휴식을 취하고 싶어서요."

"하하, 현명한 생각이로군. 이곳 하늘 호숫가를 산책하다 보면 피로가 싹 풀릴 것은 분명하지. 그럼 편안한 휴식이 되도록 하게."

엘리나이젤은 로빈의 어깨를 가볍게 어루만져 주고는 슥 지나갔다. 로빈이 인사를 하기 위해 고개를 돌렸을 때 엘리나이젤의 모습은 어디론가 사라지고 보이지 않았다.

'휴우.'

물론 정체를 들키지 않을 자신은 있었지만 그래도 엘리나이젤과 마주치는 것은 로빈에게 매우 꺼림칙한 일이 아닐 수 없었다.

어쨌든 무사히 넘어갔으니 다행이었다. 로빈은 다시 걸음을 옮겼다.

그러다 잠시 후 그는 앞의 호숫가에서 푸른 피부를 가진 웬 여인이 물고기들을 상대로 장난을 치고 있는 모습을 발견했다.

'저 여인은?'

다름 아닌 물의 최상급 정령인 아르나였다. 로빈은 짐짓 태연하게 걸었지만 속으로는 무척 긴장하지 않을 수 없었다.

엘리나이젤에 이어 아르나까지!

역시 현자의 거처로 가기까지는 고비가 많았다.

로빈은 자신이 가진 최대의 능력을 발휘할 수 있다 해도 아르나에게는 상대조차 안 된다는 것을 잘 알고 있었다.

물의 최상급 정령인 아르나는 적어도 상급 마족들이 대여섯 이상 모여야 간신히 상대할 수 있을 만큼 강한 능력을 지니고 있다고 들었기 때문이다.

'침착하자. 무슨 일이 있어도 저 물의 정령이 뭔가 수상

함을 느끼게 만들어서는 안 된다.'

물론 로빈은 자신이 엘리나이젤도 감쪽같이 속여 넘겼기에 아르나 역시 자신의 정체를 알아보지 못하리라 확신했다.

과연 그의 생각대로 아르나는 물가에 있는 괴상한 형상한 물고기들을 노려보며 인상을 찌푸리고만 있을 뿐, 로빈에 대해서는 별다른 관심을 보이지 않았다.

로빈은 아주 자연스럽게 그녀가 있는 곳을 지나쳤다. 그리고 속으로 나직이 안도의 한숨을 내쉬며 다시 걸음을 옮기는 순간이었다.

"이봐? 거기."

퉁명스러운 아르나의 음성이었다. 로빈은 움찔 놀랐지만 천진한 표정으로 고개를 돌렸다. 그리고는 머리를 긁적이며 물었다.

"헤헤! 혹시 저를 부르셨나요?"

바보스럽게 착해 보이는 인상. 왠지 딱 이용해 먹기 좋을 만큼 만만해 보이는 인상의 로빈을 향해 아르나가 손가락을 까딱였다.

"그래. 그럼 여기 너 말고 또 있느냐?"

"제게 무슨 용건이라도……."

"바보 같은 녀석이네. 내가 용건이 없다면 널 왜 불렀을까? 잠깐 이쪽으로 와 보겠니."

아르나가 싸늘히 노려보자 로빈은 간이 철렁 내려앉는 기분이었다.

'설마 나의 정체를 간파한 것인가?'

그럴 리는 없었다. 그는 완전한 인간의 모습이었다. 또한 아무리 정령이라 해도 그의 마음을 완벽히 꿰뚫어볼 능력은 없기에, 로빈이 뭔가 크게 실수라도 하지 않는 한 그의 정체가 발각될 일은 없었다.

로빈은 아르나를 향해 걸어가며 무슨 일이냐는 듯 그녀를 쳐다봤다. 그러자 그녀는 호수의 얕은 물에서 헤엄치고 있는 기괴한 형상의 물고기를 한 마리 집어 올리며 기이한 미소를 지었다.

"너 혹시 이런 물고기 본 적 있느냐?"

푸득푸득!

그 물고기는 뼈만 앙상하게 남아 있으며 살점이란 전혀 보이지 않았다. 절대로 살아 움직일 수는 없는 물고기가 푸득대며 몸부림치고 있는 모습은 매우 섬뜩한 광경이었다.

'언데드 물고기?'

로빈은 물고기의 정체를 금세 알아보고는 속으로 어이가 없었다.

'쯧! 저딴 걸 만들다니 누군지 몰라도 정말로 할 일이 엄청나게 없는 모양이군.'

그러나 그의 내심과는 달리 로빈은 짐짓 깜짝 놀라는 표정을 지으며 뒤로 물러났다.

"흐헉! 그……, 그 물고기는 대체 뭡니까?"

보통의 인간이라면 당연히 놀라야 할 상황이었다. 그래서 로빈은 보통의 인간처럼 행동하고 있었다. 마치 본능처럼 빠른 그의 연기는 그 어떤 어색함도 느껴지지 않을 만큼 완벽했다.

그러자 아르나는 어깨를 으쓱하며 호호 웃었다.

"미안. 그냥 네가 너무 순진해 보여서 잠시 장난을 치고 싶었을 뿐이야. 이제 그만 가던 길을 가보렴."

그녀는 그 말과 함께 언데드 물고기를 호수로 집어 던졌다.

풍덩!

언데드 물고기는 수면 아래로 헤엄치며 사라졌다. 로빈이 고개를 돌리자 물의 정령 아르나의 모습도 그사이 어디론가 사라져 보이지 않았다.

'휴우.'

로빈은 안도의 한숨을 내쉬며 다시 천천히 루인의 거처가 있는 곳으로 향했다.

그리고 보면 엘리나이젤과 아르나는 그저 우연히 로빈과 마주친 것이 아니었다. 그들은 은연중 현자 루인을 지키고 있었던 것이 분명했다.

  특히 방금 전 아르나의 경우 로빈을 샅샅이 훑어보는 기색이 역력했다. 그녀는 장난을 쳤다 말하지만, 로빈에게서 조금이라도 수상한 기색이 있는지 유심히 살펴보고 있었던 것이다.

  그러나 다행히 로빈은 철저한 연기를 통해 엘리나이젤과 아르나를 속이는 데 성공했다.

  하긴 그를 사실상 창조하다시피 한 최상급 마족 라사라 역시 로빈이 스스로 정체를 알려 주지 않으면 알아보지 못할 것이라 하지 않았던가?

  '라사라 님이 드래곤 로드라 해도 날 알아보지 못한다 하셨는데 그게 정말이었군.'

  로빈은 다시 걸음을 옮겼다. 그러다 멀리서 엘프들과 담소를 나누며 천천히 걸어오고 있는 자줏빛 머리의 소녀를 발견했다.

  〈다음 권에 계속〉

박정수 판타지 장편소설

FANTASYSTORY & ADVENTURE

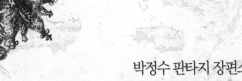

뱀파이어
무림에 가다

인간으로서 숨 쉬는 법을 잊었으나 잊지 않으려는 자,
핏줄의 계보를 거슬러 어둠의 일족이 된 자,
붉은 눈의 그림자이며, 야현이라 불리는 자,
그가 무림으로 돌아왔다!

핏빛 눈동자로 연주하는
공포의 선율, 죽음의 송가!

뱀파이어로서 다시 무림에 발을 들인 그날에도
다만 운명은, 찬연히 빛날 따름이었다.

dream
books
드림북스

권용찬 신무협 장편소설

ORIENTAL FANTASY STORY & ADVENTURE

질주무왕

『신마협도』, 『철중쟁쟁』, 『용중신권』을 잇는 신무협의 정수!

권용찬 신무협 장편소설
『질주무왕』

만병을 다룸에 있어 당할 자 없고
몸을 씀에 있어 권, 장, 지, 각, 퇴, 경, 신
이 모두 천외천에 이르렀으니
세상에 이런 무인 없어 무왕이라 일렀다.

dream
books
드림북스